中国梦·红色经典电影阅读

早春二月

姜凯 编著

中华工商联合出版社

图书在版编目（CIP）数据

早春二月 / 姜凯编著 . —北京：中华工商联合出版社，2013.7

ISBN 978-7-5158-0597-9

Ⅰ.①早… Ⅱ.①姜… Ⅲ.①中篇小说—中国—当代 Ⅳ.①I247.5

中国版本图书馆 CIP 数据核字（2013）第 157953 号

早春二月

编　　著：	姜　凯
策　　划：	徐　潜
责任编辑：	魏鸿鸣　臧赞杰
封面设计：	赵献龙
责任审读：	郭敬梅
责任印制：	迈致红
出版发行：	中华工商联合出版社有限责任公司
印　　刷：	天津海德伟业印务有限公司
版　　次：	2014 年 3 月第 1 版
印　　次：	2018 年 4 月第 2 次印刷
开　　本：	710mm×1000mm　1/16
字　　数：	190 千字
印　　张：	15
书　　号：	ISBN 978-7-5158-0597-9
定　　价：	29.80 元

服务热线：010—58301130

销售热线：010—58302813

地址邮编：北京市西城区西环广场 A 座
　　　　　19—20 层，100044

http：//www.chgslcbs.cn

E-mail：cicap1202@sina.com（营销中心）

E-mail：gslzbs@sina.com（总编室）

凡本社图书出现印装质量问题，请与印务部联系。

联系电话：010—58302915

编委会

演职员表

改　　编：谢铁骊
剪　　辑：齐玉玲
特技美术：米家庆
导　　演：谢铁骊
照　　明：徐和庆
特技摄影：张尔瓒
摄　　影：李文化
化　　装：孙月梅
作　　曲：江定仙
美　　术：池　宁　晓　滨
制　　片：杜　子　马少孔
指　　挥：韩中杰
录　　音：傅英杰
副导演：于　清
演　　奏：中央乐团

萧涧秋 …………………………………………… 孙道临
采　莲 …………………………………………… 马　佳

剧情说明

故事发生在 1927 年大革命前夕，大学毕业的萧涧秋为寻找救国救民的办法，走南闯北，跑遍了大半个中国，后来应朋友、芙蓉镇中学校长陶慕侃的邀请来到芙蓉镇中学任教。在这里，他遇到了陶慕侃的妹妹、性格单纯豪放略带执拗的陶岚，陶岚在与萧涧秋的交往中，越来越欣赏他，慢慢地，两人志同道合产生了爱情。无意中萧涧秋听说了大学同学李志豪阵亡了，而他的遗孀——文嫂带着两个孩子艰难地度日。出于怜悯，萧涧秋经常接济文嫂一家，经常送钱给文嫂，还将文嫂的女儿采莲接到芙蓉镇小学去上学。由于封建思想的禁锢还没有被打破，他的善举反而招致文嫂街坊四邻和芙蓉镇中学老师们乃至整个社会上的种种流言蜚语。

学校同事钱正兴由于追求陶岚未果，出于嫉妒想方设法地对萧涧秋进行造谣中伤。当萧涧秋看到文嫂由于儿子阿宝生病致死，对生活失去信心时，他鼓起勇气、振奋精神、准备牺牲自己与陶岚的爱情和文嫂组成家庭，以反抗世俗的压力，就在这时，文嫂终于失去了生活的勇气而自杀了；接下来，自己的学生王富生由于生活所迫而不得不辍学……残酷的现实让他认识到仅靠一个人的力量和善良的愿望是无法解救劳苦大众的。他终于不再徘徊，下决心离开了芙蓉镇，毅然决然地投身到大革命的洪流中去了。在萧涧秋的影响和号召下，陶岚也与萧涧秋携手并肩，共同投入到了革命的洪流中。

序

　　曾经，拾起过草地上被吹落的发黄的银杏叶，夹在了日记里，再打开时，记住了那个秋天里青春的憧憬；

　　曾经，哼起过电台里被播放的欢快的流行曲，抄在了笔记上，再打开时，记住了那段岁月里相伴的愉悦；

　　曾经，流连过影院里被放映的精彩的故事片，存在了脑海中，再打开时，记住了那些回味里温暖的片段；

　　我们的曾经，是记忆的积累，留不住岁月，却留住了记忆。翻开日记时，银杏的纹络依然清晰，打开笔记时，歌词的墨迹仍然青涩。那些往事都留住了，只是在某个时刻，突然想起了那部电影，多少却有些浅忘，因为我们的笔记本里承载不了那么多的信息，只能记在脑海里，在岁月的洗涤中淡却了一些章节。

　　我们一直致力于电影连环画在读者中的普及，十年间制作了数百本电影连环画，发行量近百万册，在读者中建立了良好的口碑并取得了积极的社会效应。今天，我们将那些存在我们记忆深处的经典电影以图文版的形式制作成册，让我们重新回味那脍炙人口的故事，再度拾起从前那观看电影的快乐时光。

　　抬一把凳子，再也找不到露天电影；下一段视频，却没有充裕的时间观看；那么，就躺在床上，翻开这一本本图文本，将故事延续到梦里——记得那时年少，记得那时年轻，记得那时……

　　枕边，这一册册的电影图文本，还有一摞摞的日记和笔记本，都是我们记忆中的音符，目光触及时，在心里流淌成歌，相伴过的曾经，把美好的记忆延续到永远。

赵刚

2014 年 3 月 6 日

目　录

第一章

受邀任教

　　阴历二月，阳光明媚，天气和暖。蔚蓝的天空万里无
云，无比明净。寒冷难熬的冬天眼看就要过去了，即将到
来的是充满盎然生机的春天。远处山上的白雪已经在阳光
的照射下渐渐融化，只有背阴的山坡上还能依稀看到略显
埋汰的积雪，它们已经没有先前那么洁白、纯净了。河边
静静站立的柳树依然是那么的风姿绰绰，在阵阵春风的轻
轻吹拂下，缓缓地舒展着那曾经柔软妩媚的身姿。柳枝在

☆阴历二月，天气和暖，柳枝已经吐出了嫩芽。女佛山至芙蓉镇的班轮在
　平静的内河里行驶着。

随风摇曳，像是长衫舞女在舞动着婀娜的身姿。在挥动的枝条顶端，已经露出了浅黄色的嫩芽，给料峭的初春点缀上一份希望的色彩。随着气温的日渐回升，河里的冰已经完全融化，彻底销声匿迹了。河水在静静地流淌，仿佛在追寻春天的脚步，宽宽的河面在春风中不时荡起层层涟漪。一阵马达的轰鸣声从河面传来，像是吹响了春天的号角。原来是一艘满载乘客和货物的班轮在宽阔的河面上慢慢地行驶着，这艘班轮是女佛山到芙蓉镇的。

班轮的一头装满了各式各样的货物，有箩筐、皮箱、包裹、桌椅、麻袋……应有尽有。班轮的另一头就是一个所谓的不大的甲板了，沿着甲板走进闹哄哄的船舱，不大的船舱挤满了各种各样的乘客。有身穿长衫马褂的生意人，有头戴毡帽的农民，有手拿文明棍的地主老财，有挑柴赶

☆在挤满乘客的船舱里坐着一个风尘仆仆的青年，他叫萧涧秋。为寻求救国的办法，他几乎跑遍了大半个中国。如今，他应朋友——芙蓉镇中学校长陶慕侃的邀请，前去任教。

集的山民，有抱着婴儿的妇女，有挤来跑去的孩童……船舱里好不热闹，大家有说笑的，有打闹的，有闭目养神的，有吆喝叫卖的，当然，还有双手插在袖筒里睡大觉的……在满满当当的船舱靠近窗户的位置，坐着一个风尘仆仆的青年，他时不时望着班轮的窗外，仿佛在班轮的晃动中感受着大自然初春的美好风景。这个青年叫萧涧秋，为寻找救国的办法，他几乎跑遍了大半个中国，祖国的大江南北到处都留下了他的脚印。可是，并没有一个地方能将他挽留，能让他死心塌地地待下去。如今，他应朋友——芙蓉镇中学校长陶慕侃的邀请，前去任教。

　　萧涧秋坐在拥挤的座位上，望着窗外，若有所思。他已经走过了中国的多个地方，每到一处，看到的都是令人心痛的场景，看着国家的日渐消亡，人民士气的低下，民众生活的穷困，他的内心是无比的惆怅与无奈。这次受好友芙蓉镇中学校长陶慕侃之邀，到芙蓉镇中学教书，他一

☆船舱内空气污浊，萧涧秋挤出舱口，登上船头，迎着早春的阳光，深深地呼吸着清新的空气。

是想让自己漂泊已久却丝毫找不到归宿感的那颗心沉静下来；二是希望通过在芙蓉镇这个僻静的乡下，感受下当地的风土人情，顺便看看当地人民的生活；再就是与好友陶慕侃叙叙旧，毕竟他们也好久没见面了。萧涧秋沉浸在静静的思索中，在他的身边，是一个戴帽子的中年男子，不知是旅途劳累还是班轮上太安逸了，居然打起了瞌睡。他这一睡不要紧，身体也变得摇晃不定，慢慢地就倒在了萧涧秋的肩上。可惜班轮上的座位是连体的，大家都是一个挨着一个地坐着，丝毫没有多余的地方。萧涧秋就是想挪动下屁股都很困难，作为一个知识青年，他不想惊扰对方，便试着将自己的皮箱放在两人中间，从而阻止对方的"入侵"，无奈，这一切都是无济于事。怀着烦恼的心情，呼吸着船舱内污浊不堪的空气，萧涧秋从座位上站起身来，绕过熙熙攘攘的乘客，艰难地挤出舱口，缓缓走向甲板。

萧涧秋登上船头，眼前豁然开朗。他迎着早春的阳光，深深地呼吸着清新的空气，仿佛五脏六腑顿时舒畅了不少。他的手紧紧地抓着班轮上的围栏，探着身子望着眼前一切美好的世界。静静的河面是那么的宽广，轻轻的春风带着淡淡的暖意。远处的山在阳光的照耀下是那么的巍峨与挺拔，像一个忠诚的战士在守卫着美丽的故乡。远处的村庄在春天的画卷中是那么的和谐与宁静，山顶上的一座高塔威严地耸立着，像一个高高的灯塔，指引着前进的方向……春风掠过他的额头，直扑心肺，让他顿感心旷神怡。在春风的抚慰下，他忽然感觉到了自己的单薄与无助，他不自觉地整了整紧紧绕在脖子上的围巾。当他漫步走向船尾时，突然一只桔子滚到脚下，他弯腰捡了起来。正好一个扎着又长又粗辫子的小姑娘跑过来捡桔子，他便忙递给了这个小姑娘。这个七八岁的小姑娘长得眉清目秀，模样俊俏，穿的衣服虽然有些破旧，但却十分干净。一双乌黑的大眼睛炯炯有神，非常惹人喜爱。

美丽可爱的小姑娘略显木讷地接过桔子，望着眼前这

☆ 当他漫步走向船尾时，一只桔子滚到脚下。他弯腰捡起来，递给了跑来捡桔子的小姑娘。这个七八岁的小姑娘长得眉清目秀，非常可爱。

☆ 小姑娘接过桔子，朝他笑了笑，便向坐在船舷边的一位年轻妇女跑去。那妇女发髻上系着带孝的白头绳，怀中抱着一个小男孩，一言不发，呆呆地望着水面。

个陌生的热心人，然后害羞地朝他笑了笑，便慢慢向坐在船舷的一位年轻妇女走去。那妇女鬓上系着戴孝的白头绳，面朝着轮班的一侧，紧紧坐在船舷边。她怀中抱着一个瘦小的小男孩，一言不发，呆呆地望着水面。小男孩在那个妇女怀中，静静地躺着，好像睡着了一般，一动不动，可是他的眼睛却并没有闭上。小男孩的眼睛也很大，只是目光看上去有些呆板，而不像他姐姐那般炯炯有神。小姑娘手里拿着刚才掉地上的桔子，站在那个妇女旁边小声说道："妈妈，是不是到家我就可以吃桔子了呀？"那个妇女好像没听到小姑娘的问话，依旧紧紧地抱着小男孩，静静地望着河面。妇女头上的白头绳，已经说明了一切，对她此时的神态与表情是一种很好的诠释。这个妇女还沉浸在失去亲人的悲痛之中。

离这个妇女不远，一位老奶奶紧靠着船舱坐着，一个

☆旁边坐着的一位老奶奶与邻座的乘客谈道："这丫头叫李采莲，我们是邻居。采莲的爸爸是革命军，在广州那边打仗时死了。留下这孤儿寡母的，往后的日子可怎么过啊！"

不大的包袱紧紧挽在胳膊上。她望着眼前这可怜的母子三人，眼睛里充满了同情与怜悯。当老奶奶听了小姑娘说给妈妈的话后，心底一种莫名的难受油然而生。她深深地叹了一口气，同时抬起身，伸出胳膊，将这个小姑娘拉到了自己身边，紧紧搂在怀里，然后深情地望着小姑娘，并对她说："想吃桔子你就吃吧，别问你妈妈了，妈妈心情不好，别去打扰她了……"萧涧秋望着可爱的小姑娘，听着她稚气十足的话语，脸上荡出一种回忆自己儿时的神情。在老奶奶的座位旁边，坐着一个戴毡帽的男子，约四五十岁光景。他看着依偎在老奶奶怀里的小姑娘问老奶奶道："你孙女几岁啦？长得真好看！"老奶奶看看怀里正在吃桔子的小姑娘，不无同情地回答这名男子道："这不是我孙女，这个小女孩叫李采莲，我们是邻居。采莲的爸爸是革命军，在广州那边打仗时被打死了。留下这孤儿寡母的，往后的日子可怎么过啊！"边说边深深地叹着气。

此时，正在船头欣赏春光美景的萧涧秋将同情的目光投向这个坐在船舷边一言不发的抱孩子的年轻寡妇。刚才小姑娘向她妈妈征求吃桔子的话他听到了，老奶奶向邻座说的这番话，萧涧秋也听到了。此时，他对这名妇女无比的崇敬，她的丈夫为了中国的革命事业而献身了，这是多么难能可贵的事情，是多么的伟大。同时他也对这名妇女和她的两个孩子表示深深的同情。丈夫报国而去，丢下这孤儿寡母的一家三口可怎么办呢？顶梁柱倒了，家还是家么？往后这娘儿仨的日子可怎么过呀？老奶奶的那番话始终在萧涧秋的耳边回响着，于他而言，这番话不单单是说给老奶奶邻座的男子听的，也是说给他萧涧秋听的，更是说给无数的中华儿女听的！此时的萧涧秋情绪久久不能平静，这些年他走南闯北，看到许许多多生活在水深火热中的劳苦大众，他同情他们的命运，同情他们的遭遇……但也只能是这种所谓的麻木的同情！可自己又能为这些苦难中的同胞做些什么呢？他痛苦，他彷徨。

☆萧涧秋将同情的目光投向年轻寡妇。这些年他看到许许多多生活在水深火热中的劳苦大众，他同情他们的命运，可能为这些苦难同胞做些什么呢？他痛苦，他彷徨。

☆陶校长的妹妹陶岚是个年轻美貌、知书达理、直爽豁达的人。

萧涧秋望着静静的河面，思绪依然在翻腾。班轮带着马达的轰鸣声从河面划过，一道不大不小的河浪在班轮后翻滚着。突然，天瞬间暗了下来，一团乌云遮住了明媚的阳光。一阵急风吹过河面，本来平静的河面瞬间变得那么狰狞。在班轮不远处的河边，一只被绑在河堤上的小船在翻滚的河水挣扎着，仿佛要挣脱这船绳的束缚。不知小船是要与翻滚的河浪一决高下，还是要随波逐流，与这呼啸的河浪一同远去。风停了，云散了，太阳又重新照耀着大地，照耀着静静的河水，照耀着班轮。萧涧秋在春光的抚慰下慢慢地收回了思绪，他重新收拾了下衣衫，理了理被风吹乱的头发。无论乌云多么的凶残，阳光终究还是会普照大地的！芙蓉镇中学陶慕侃校长的妹妹陶岚是个年轻美貌、知书达理、直爽豁达的人，并且很有个性，嫉恶如仇，鄙视权贵。此时，她正端坐在家里一针一线地织着毛衣。

听说有位新教师要来芙蓉中学任教，衣着华丽的钱正兴和方谋两位教师借机来到陶校长家。这时陶岚正在认认真真地织着毛衣，就见钱正兴和方谋走了进来。钱正兴走在前边，他身高约一米六八，看上去还算精神，穿着一身瞎子也能闻出是上等丝绸做的长袍，脚下蹬着一双软皮轻底的羊皮鞋，本该戴在头上的文明帽却拿在手里。本来挺好一年轻人，但穿上这身行头后，却怎么看都像无知青年。特别是钱正兴骨子里那股唯我独尊，唯钱独亲，看不起穷人的丑恶嘴脸，着实让人讨厌，陶岚对他，更是深恶痛绝。走在钱正兴身后的自然就是方谋了，方谋长得也算是一表人才，个子比钱正兴要略高些。本来二人年龄相近，但不知是先天发育不足还是后天营养不良，方谋看上去显得比钱正兴要老不少。特别是他鼻子上再架着一副眼镜，让自己文化人身份凸显的同时，更让自己显得过于苍老。钱正兴一进门，看到陶岚正在客厅织毛衣，便亲昵地问道："岚，客人还没到吗？"而陶岚毫不搭理他，而是抱着未织

完的毛衣转身向卧室走去。

☆听说有位新教师要来，衣着华丽的钱正兴和方谋两位教师借机来到陶校长家，钱正兴问陶岚："陶校长呢？客人还没到吗？"而陶岚毫不搭理他转身走进了卧室。

　　一看陶岚不搭理钱正兴，并要走，方谋忙上前一步向陶岚问道："陶校长呢？"陶岚这才停下脚步，看着方谋，并没有说话，只是摇了摇头，示意自己不知道。这也算是回答了方谋的问话。方谋人其实不坏，比起钱正兴来要好上不少。只是平时方谋自恃有文化，动不动就喜欢卖弄，还经常给别人灌输一些自己所谓的独到的"见解"，很是让人烦。陶岚讨厌钱正兴是有原因的，原来钱正兴的父亲是芙蓉镇上有钱有势的人物，况且钱正兴正在疯狂地追求陶岚，可陶岚却非常讨厌他，不光讨厌他的为人，还讨厌他的言行，甚至不屑于同钱正兴说话。而陶岚越是对钱正兴这样，这钱正兴却越是来劲，越是喜欢陶岚……陶岚这时丢下钱正兴与方谋，快步走回了卧室，并重重地关上了门。

钱正兴与方谋面面相觑，很是尴尬。方谋还故作聪明地凑到钱正兴耳边，嬉皮笑脸地说道："她这是见到你呀，有点儿不好意思！"钱正兴听方谋这么一说，尽管将信将疑，但还是有些面带喜色。这时，面貌慈祥的陶母走了出来，看着钱正兴和方谋热情地招呼道："你们两个来啦！"钱正兴忙上前一步，弯腰说道："伯母，您好！"然后又向陶母问道："慕侃是去接客人去了么？""是啊，也该回来了！"陶母答道。

☆原来钱正兴的父亲是芙蓉镇有钱有势的人物，钱正兴正在追求陶岚，可陶岚却非常讨厌他。这时，面貌慈祥的陶母走了出来，热情地招呼着他们。

此时，陶慕侃已经从码头接了萧涧秋，他让校工阿荣挑了萧涧秋的行李先行往回赶，他很萧涧秋正并肩走在街上。陶慕侃年长萧涧秋几岁，虽说不如萧涧秋帅气，但也不失稳重与学识。他戴一顶灰色圆礼帽，穿一件灰色长衫，一条土黄色的围巾简单地搭在脖子上。萧涧秋穿着一件褪

色的中山装，左手胳膊上搭着脱下来的外套。两人边走边聊，陶慕侃说道："我们足足有五六年没见面了。这段时间你还好吧？涧秋，这些年你肯定跑了不少地方吧？"萧涧秋说："是啊，我们五六年没见面了。这段时间我还算好，几乎跑遍了大半个中国。城市的生活使我厌倦了！"这时陶慕侃说道："是啊！所以嘛，我就不愿意出去！"萧涧秋看着芙蓉镇上灰白相间的瓦房，还有在镇中间流淌的这条小溪，小溪里还有小船，顿生艳羡之情，不无感慨地说道："这小小的芙蓉镇倒真是个世外桃源呢！"青石板路、汉白玉桥、潺潺流水、声声琴瑟、鼓韵悠悠……萧涧秋站在汉白玉石桥上，更是无比惬意。看着萧涧秋的陶醉神态，陶慕侃问道："涧秋，你对芙蓉镇印象如何？"萧涧秋边走边望着路两旁答道："倒是很幽静，要是有可能话，我倒愿意在这儿

☆此时，萧涧秋正和陶慕侃并肩走在街上。萧涧秋说："城市的生活使我厌倦了，这小小的芙蓉镇倒真是个世外桃源呢！……要是有可能，我倒愿意多住几年。"

多住上几年。"听萧涧秋如此说，陶慕侃显得十分激动："太好了，我要为孩子们高兴！"

　　萧涧秋和陶慕侃一路说一路走着。芙蓉镇不大，来了面生的人，大家不由得用好奇的目光多看几眼，陶慕侃边走边同大家打着招呼，萧涧秋显得有些拘谨了。开药铺的李掌柜顾不上着急抓药的病人，将老花镜向下耷拉了耷拉，双眼细细地瞅着走在陶慕侃身边的萧涧秋；布匹店的马老板和伙计也都放下手中的营生，直盯着萧涧秋看；正在柜台上和人聊天的杂货店周老板也将话题转移到了萧涧秋身上，只听一个人指着萧涧秋问周老板："咦，周老板，这个人是谁呀？"周老板瞅了瞅萧涧秋，然后说道："这个人没见过，不知道。"看萧涧秋和陶慕侃走在一起，便猜说道："也许是上边派下来查学的吧！"听着芙蓉镇上男男女女、

☆来了面生的人，大家不由得用好奇的眼光多看他几眼，还有人在窃窃议论，陶慕侃向萧涧秋解释："镇上人口少，来一个外乡人就会引起人们的注意……"萧涧秋不在意地笑了笑。

老老少少的窃窃议论，萧涧秋默不作声。这时陶慕侃向萧涧秋解释道："镇上人口少，几乎大家都面熟，谁也认识谁。尽管有的没说过话，但都知道是谁，是做什么的。来一个外乡人就会引起人们的注意，这或许是一种尊敬的表示吧……"听着陶慕侃略带调侃的话，萧涧秋不在意地笑了笑。

陶慕侃领着萧涧秋边说边走，时间过得很快，眼前已经到了陶家了。二人跨进大门，校工阿荣已经挑着萧涧秋的行李回来了。陶慕侃和萧涧秋刚进院门，听到声音的钱正兴和方谋便从陶家客厅走出来迎接。陶慕侃看到二人已经来了，便对二人说道："来来来，我给你们介绍一下！"陶慕侃摘下帽子拿在手里，然后指着萧涧秋向钱正兴、方谋二位介绍道："这就是我常向你们提起的萧涧秋先生。"萧涧秋向前一步，向二人点头示意。钱正兴和方谋二人也

☆陶慕侃领着萧涧秋跨进大门，向钱、方二位介绍道："这就是我常向你们提起的萧涧秋先生。"钱、方二人连声说道："久仰，久仰。"陶慕侃又忙碌地奔向厨房。

不含糊，连声说道："久仰，久仰。"陶慕侃转过身又向萧涧秋介绍钱正兴与方谋。陶慕侃指着站在前面的钱正兴对萧涧秋说道："这位是钱正兴钱先生。"然后又指着方谋，陶慕侃刚要介绍，方谋自己向前一步，面带微笑地冲萧涧秋来了个自我介绍："鄙人姓方，草字谋，方谋……"看大家互相介绍完了，也都互相认识了，陶慕侃便挥手对大家说："好吧，大家屋里坐！""请！""请"几个人互相推让着，走向客厅。陶慕侃安排校工阿荣将萧涧秋的行李先放到下房，吃完饭和萧涧秋一块儿再到学校去，然后他自己急急忙忙地奔向厨房去了。

三位青年在书房里围坐在圆桌旁闲谈。能言善谈的方谋一边倒茶，一边说道："萧先生的光临，带来了春天啊！今天的天气是特别地和暖！呵呵……"边说方谋边指了指

☆三位青年在书房里闲谈。钱正兴说天气暖得早了一点，是不祥之兆，又要有灾难了，萧涧秋对他的谈话很反感，只得应酬说："天气变化是自然现象……"

屋外明媚的阳光。坐在旁边的钱正兴翘着二郎腿，端起一杯茶，轻轻地呷了一口，然后不紧不慢地说："我倒是觉得暖得早了一点儿！"听钱正兴这样说，方谋感觉这明显是在和自己过不去，便说道："这个按时间来说，也该是暖和的时候了嘛……""哪里！我今天换了两次衣服了。上午我就换了一件紫貂儿，下午呢，又换了这件灰鼠的……还是热！难道非叫我穿单的不行么？"边说钱正兴还撩了撩长袍。萧涧秋静静地听着钱正兴与方谋的对话，其实萧涧秋和方谋都明白刚才钱正兴这番话的意思，还不是显摆自己穿的衣服多么的好，还不是在摆阔！天气的话题并没到此结束。钱正兴看方谋没话说了，便转过来用老气横秋的口吻对萧涧秋说道："萧先生，这是不祥之兆啊！我看今年又要有灾难了！哈哈……"一副幸灾乐祸的表情跃然脸上。萧涧秋对他的谈话很反感，浅浅地笑了笑，应酬地说道："我看天气的变化是自然现象……至于人间的灾难嘛……""灾难是年年免不了的，"方谋抢过话锋，边说边站了起来，"近几年来灾难可太多了！你看啊，直奉战争，甘肃地震，河南土匪，接下来山东又闹水灾，现在，革命军在广东打得很厉害……"

第二章

初识陶岚

　　三个人你一言我一语，说得很是热闹。钱正兴多是侃侃而谈，方谋是点头迎合，只有萧涧秋默默听二人的一唱一和，偶尔说上几句。钱正兴和方谋正聊得起兴时，陶慕侃推门进来了，钱正兴以为是陶母饭做好了，叫大家来吃饭的。只听陶慕侃冲着萧涧秋说道："涧秋，我妹妹想见见你！"他一边说，还一边用手指了指门外。几个人都略显得有些惊讶，钱正兴更是有些吃干醋，心想，这个陶岚虽不是大小姐，但她的脾气大家可是都知道的。平时也可以说

☆正聊着天，陶慕侃走进来对萧涧秋说："涧秋，我妹妹想见见你！让我来介绍介绍。"

是大门不出，二门不迈的，从来不会主动去见客人的，就是大家让她见，她都懒得理，今天这是怎么了呢？方谋也暗暗思忖，这个陶岚今天唱的是哪出儿，怎么太阳打西边出来了呢？其实陶慕侃心里也在犯嘀咕，这个妹妹他最了解了，看着说话豪爽，但性格还是趋于内向，从来不掺和大家的事情，更别说跟陌生人见面了。此时的萧涧秋更是一头雾水，听了陶慕侃的话，他还是略显木讷地从座位上站了起来，眼睛顺着陶慕侃手指的方向望去。

这时就听门外扑扑的脚步声由远及近传来，只见陶岚走了进来。她穿一件紫褐色与浅绿色相间的长裙，她先是在门口停了一下，然后略有些害羞地走了进来。正好陶慕侃说要给萧涧秋介绍一下。陶岚听大哥这样说，忙有些不好意思地打断道："哥哥，别说了……"陶慕侃看到自己平时直爽的妹妹有些不好意思了，就笑呵呵地对她说："好，我不介绍了。那你自己介绍喽！"说完大家都停了。陶岚又恢复了她大方活泼的本性，她看着萧涧秋说："哥哥！有什么好介绍的，我当然知道哪位是萧先生了。往后我们认识就是了。"萧涧秋看着她微微一笑。萧涧秋听陶慕侃说过他有个妹妹，但从未见过，今日一见，单看陶岚简单的举止言行，就感觉陶岚很有一种侠女的气质和风范。再看她的穿着，衣服的色调，在这春寒料峭的季节，给人一种活力与激情。萧涧秋内心深处不由自主地为这个女人所动，他默默地，略有些不好意思地看着她。

陶岚介绍完自己，便在靠近门边的一把椅子上坐了下来。陶慕侃从抽屉里拿出一包香烟，一边往开拆，一边走向萧涧秋，还边走边笑呵呵地说："我自己不抽烟，还忘记了招待客人香烟。"边说，边从拆开的香烟中取出一根递给萧涧秋。萧涧秋摇了摇头，挥挥手，示意不抽。"哦，你还是不抽烟!?"陶慕侃一边说着，一边将抽出来的香烟又重新放回了盒里，然后将整包烟扔到了大家围着的桌子上，示意钱正兴和方谋两人抽烟。陶岚静静地坐在椅子上，默

☆陶岚大方又活泼地说："哥哥！有什么好介绍的，我当然知道哪位是萧先生了。往后我们认识就是了。"萧涧秋看着她微微一笑。

☆陶岚在门边的椅子上坐下来，打量了萧涧秋一会儿，说："我好像在哪里见过萧先生。"

默出神地望着萧涧秋。萧涧秋被陶岚这样盯着看得都有些不好意思，他想，按说陶岚的性格不是这样的人呀？哪能对客人用这样的眼神死盯着呢？太没有礼貌了吧。但从陶岚的眼神中，又丝毫看不出一点懈怠与不敬，分明是一种期待与久盼，像是一种似曾相识看待久违的故人的眼神。就在这时，陶岚在打量了萧涧秋一会儿后，说道："我好像在哪里见过萧先生。"

闻听陶岚此言，萧涧秋很是诧异，陶慕侃也是显得有些惊讶，就连另外两位，钱正兴与方谋也感觉有些不可思议，特别是钱正兴，脑子里不停地乱转：陶岚和萧涧秋以前认识？不对呀，没听她提起过呀？这次还是由于芙蓉中学缺少教师，才听陶慕侃说要让这个萧涧秋来教书的……听了陶岚的话，萧涧秋显得也有些蒙了，他嘴里一边问道："是吗？"一边望着旁边的陶慕侃，陶慕侃也觉得不可能，

☆"是吗？"萧涧秋竭力追忆着，可想不出什么来，抱歉地说："对不起，我不记得了。"

自己虽然跟萧涧秋提起过这个妹妹，但也是七八年前的事情了，自己以前也没带妹妹出去过，自己也和萧涧秋有五六年没见面了，再说这也是萧涧秋第一次到自己家，也是第一次到芙蓉镇……陶慕侃边想边说道："不会吧？"萧涧秋脑子里有些乱子，他虽说走南闯北，去过无数地方，见过不少人，但印象中好像没陶岚这么个人，脑子里实在想不起在哪儿见过。这样想着，萧涧秋嘴上说道："对不起，我不记得了，也许是……"

　　陶岚看着萧涧秋冥思苦想的表情，便笑呵呵地接过他的话，有些不好意思地说："也许是我认错人了吧！"顿了顿，陶岚接着说："萧先生，我说话是很随便的，以后，你还要多原谅我啊。"说完陶岚还略有些害羞地低下了头。萧涧秋和旁边的陶慕侃两人听了陶岚的话，相视一笑。接着，陶岚看了看哥陶慕侃，又说道："我哥哥常说起你，他说你

☆陶岚不好意思地说："也许是我认错了人，萧先生，我说话很随便，以后你要多原谅我呀。我哥哥说你学问好，还走过很多地方，以后你能不客气地指教我吗？"

学问好，又走过很多地方，以后，我什么都要向你来请教！你能不客气地指教我吗？"说到最后，特别是"你能不客气地指教我吗"时，陶岚身子前倾了很多，屁股都快离开椅子了，同时眼睛里也是真诚的期许。以前虽说陶岚从来没有见过萧涧秋，但她经常听哥哥说起他，知道了他为了理想与抱负，而走遍了大半个中国。为了寻求救国，而四处奔波。他不但见多识广，并且有很深的学问，更重要的是，他有爱国主义情怀。今日得以相见，更是对他的英俊、帅气以及睿智的谈吐所折服，所以情不自禁地说出了这样的话。

听了陶岚如此恳切的话，萧涧秋有些不知所措，他微笑着看了看坐在身边的陶慕侃，说道："呵呵，我简直都不知道应当怎么回答才好了！"听了萧涧秋不是回答的回答，陶岚反而开心地笑着说："就这么回答吧！我还要你怎么回答呢！"听了陶岚的话，大家都笑了。这时陶慕侃从椅子上站了起来，走到萧涧秋身边，拍了拍他的肩膀，然后说道："怎么样？涧秋，你跑遍了中国的大江南北，恐怕不曾见过像我妹妹这样脾气的！"陶慕侃一边说，一边走到桌前，慢慢地右手端起了一杯茶，然后又将这杯茶从右手放到左手，接下来用右手边比划边接着说道："她是高兴起来说个没完，不高兴的时候，谁都不理。"说完呵呵笑了几声，然后不紧不慢地呷了口茶水，润润嗓子。萧涧秋坐在椅子上静静地听着，更多的时候脸上带着微笑，时而还点点头。他现在也看出来了，陶校长的这个妹子可不简单，别看她是个豪爽、大方的女人，其实还是蛮有个性的！

听了哥哥陶慕侃这番话，陶岚并没感觉有什么不对，她诚恳地说道："都说我脾气古怪，其实我只不过是不懂得人情世故罢了。萧先生，你对哲学一定很有研究，希望你能教我一点真正做人的知识。"听了陶岚如此真诚的话，萧涧秋感到有些受宠若惊，他不无谦虚地说道："做人的知识，我还不知道到哪儿去学呢！"接着萧涧秋看了看正在拎

☆萧涧秋说道："啊，我简直不知怎么回答好了。"陶慕侃说："怎么样？涧秋，你跑遍中国南北，怕不曾见过像我妹妹这样的脾气，高兴起来说个没完，不高兴的时候谁都不理。"

☆陶岚说："都说我脾气古怪，其实我不过是不懂得人情世故罢了。萧先生，你对哲学一定很有研究，希望你教我一点做人的知识。另外，以后还要跟你学音乐呢！"

着暖壶忙着往茶壶倒水的陶慕侃说道:"按理来说,慕侃才是我们的先生啊!"陶慕侃正好倒完了水听萧涧秋这么说,他便辩解道:"哎呀,哪里,哪里。妹妹对我都不信任。"这时陶慕侃看到钱正兴显得有些很无聊,来回得走来走去,便把话锋递给了钱正兴:"钱先生,你说是么?"钱正兴听陶慕侃突然问自己,便停在哪里,不再走动。只见他嘴角微微一撇,刚要说话,就被热情正高的陶岚的话给打断了,只听陶岚对萧涧秋说道:"萧先生,听说你钢琴弹得很好!能教教我吗?"萧涧秋不无谦虚地说:"我已经多年不弹钢琴了,手指已经很生疏了。"

此时的陶岚,话题不断,都是紧紧围绕着萧涧秋在开展,萧涧秋也乐于应对,两人你一言我一语,谈得很是投机。陶慕侃边听着两人的谈话,边时不时地给大家添些茶水。方谋倒也不客气,自在地坐在椅子上,后背紧紧地贴着椅背,翘着二郎腿,手里夹着烟卷悠闲地抽着香烟,听

☆钱正兴看他们越谈越火热,而自己遭冷落,心里很不是滋味。

着陶岚对萧涧秋喋喋不休的问询，还时不时地呷上一口茶水，样子看上去很是满意。倒是钱正兴看他们越谈越火热，而自己遭冷落，心里很不是滋味。他本来就喜欢陶岚，并且正在拼命追求陶岚，但陶岚却对他一点儿也不感兴趣，这让钱正兴很是郁闷。没想到现在陶岚却对这个以前从来没见过的一个哥哥的朋友如此上心，这让他自己很是难受。另外以他对陶岚的了解，她虽然生性耿直，大方豪爽，但也一向是比较内向的，很少能跟不熟悉的人聊天，更别说是第一天见面的人。但今天却明显不一样，这简直就不是自己眼中的陶岚了。本来他以为陶岚暂时的不理睬他对她的追求，那是由陶岚的性格导致的，另外也是时候不到，只要自己攻势不减，持之以恒，长此以往，相信有一天陶岚会投入自己的怀抱。可是现在眼前的情形却相当不乐观，他已经从陶岚对萧涧秋的言行中感觉到这个萧涧秋对自己的压力，他忍不住心头发紧。

　　为了掩饰自己的尴尬，钱正兴悄悄地走到厨房去看陶母做饭。他可不想在陶岚与萧涧秋高谈阔论时自己也待在旁边，他可不想方谋那样傻子似的还坐在旁边听二人侃侃而谈。他不想让自己更难堪，他知道陶岚对自己丝毫没有好感，自己在旁边待着只是自讨没趣，不但丝毫插不上言，反而会遭到陶岚的奚落，那样自己会更难为情。反正一会儿也要在这里吃饭，索性不如到厨房看看陶母和佣人在做什么好吃的，省得听陶岚和萧涧秋说话惹自己心烦。厨房里，陶母和佣人正在忙活着，陶母正在砧板上一刀一刀地切肉，旁边放着已经杀洗好的鱼。佣人正在灶边烧火，还不停地拉着风箱。钱正兴想：看来这萧涧秋对陶慕侃来说是贵宾呀，做这么多好吃的。"伯母！"钱正兴看到陶母在忙，便假装热情地打了声招呼。陶母放下手中的刀，看着钱正兴说道："钱先生，你们都饿了吧?""不不不，不饿。我是专门来看伯母做菜的！"钱正兴忙说道。陶母原以为钱正兴是来催着上菜的呢，听他这么一说，她

便又拿起了手中的刀，继续切肉，一边切一边说："没什么好吃的，都是些粗鱼笨肉的。"把鱼放锅里蒸上后，陶母便开始炒菜，一边忙一边和钱正兴聊天。"人家萧先生是走过大地方的，就怕咱们做的菜人家吃不来。"陶母边刷锅边说道。"不会，不会。看他那样也不会吃过什么山珍海味。"钱正兴不屑地说道。锅里放好油，陶母开始炒肉。可能是油温太高了，肉刚放进去，油就啪的一声爆开了，溅的到处都是，站在锅旁的钱正兴当然也没能幸免，他边急忙往后退，边看着衣服上的油渍，眉头也跟着皱了起来，然后又垂头丧气地回到了客厅，至少这里没有油烟，也不用担心弄脏衣服。

☆为了掩饰自己的尴尬，他悄悄地走到厨房去看陶母做饭。

陶母把饭做好了，由于陶慕侃要给萧涧秋接风，所以先喝酒。见大家喝酒，陶岚觉得自己一个女孩子家，在这种场合不好，便回自己的房间了。但是在自己的房间待了没一会儿，便待不下去了，感觉没意思，又悄悄回来了客

厅，看到几个人在客厅里一边喝酒吃菜一边高谈阔论。就听到方谋煞有介事地讲道："……所以说现在凡是想救国的青年，都应该信仰三民主义，我就是这样的！"说完还毫不谦虚地笑了笑，旁边的萧涧秋、陶慕侃、钱正兴也呵呵地笑了两声。倒是刚进门的陶岚显得有些满不在乎，发出了略带讽刺冷笑。她这一笑，大家才发现陶岚，方谋便对她说道："陶岚，来，一起来喝杯酒吧！""不，我不喝"陶岚一边拒绝，一边郑重地坐在了旁边的椅子上，然后认真地说："我是来听你们谈话的，长长见识。"陶岚的话，让她的性格又一次显现了出来。这让正在和大家一起喝酒的萧涧秋很是欣赏。

☆陶母将饭菜端上来，大家边喝酒边谈论着。方谋高谈阔论道："凡是想救国的青年都应该信仰三民主义。我就是一个，可不知道你们信仰什么？"

　　听到方谋信仰三民主义，资本家出身的钱正兴当然有话要说。他钱家是芙蓉镇上数一数二的大户，谁不知道他老子就是个资本家，他家也是靠这个吃饭、发家的。钱正

兴看了看大家，然后双手放到桌子上，一边用右手不停地玩弄着左手拇指上戴的一颗大扳指，一边说道："三民主义，我不反对。但是，干吗要抵制资本呢？我看啊，要和外国竞争，要救中国，就得要先大大的发展资本主义。"听到钱正兴说要先发展资本主义，方谋有些不高兴了。这不明显是与自己过不去嘛，当着客人萧涧秋的面，还有陶慕侃校长和陶岚也在，这分明是让自己难堪嘛。不过他也知道这个钱正兴家的势力，他老子是个典型的资本家，生意做得很大，在芙蓉镇也算是有头有脸的人物，就连镇长都会敬他三分的。所以方谋也不想和钱正兴对着干，否则这样对自己绝对没好处。听了钱正兴的话，方谋便补充道："三民主义也并不排斥资本主义呀！"

☆钱正兴说："我赞成资本主义，非商战不能打败外国。要救中国，先得发展资本主义。"

为了避免钱正兴再大谈资本主义，说自己三民主义不好，让自己尴尬，方谋便借机问旁边的萧涧秋道："萧先

生，您信仰什么主义呢?"萧涧秋谦虚地答道:"我没有。"
"哎，萧先生太客气了!"方谋有些不甘心地说道。这时钱
正兴夹了一口菜放进嘴里，然后趁机用嘲讽的口气说道:
"像萧先生这样的人，一定会有更高妙的主义!"方谋听了
钱正兴的这句话，忙连连点头，表示赞同。萧涧秋已经听
出钱正兴话里有话，也知道这个资本家的大少爷心里想什
么，他便气定神闲地说道:"主义到了高妙的程度，那还能
有什么用处呢? 所以我没有。"钱正兴听了萧涧秋的这番
话，好像有些听得不太明白，表露出一种木讷的神情。倒
是方谋，还是很对得起鼻梁上的这副眼镜的，他听出了萧
涧秋这番话的高妙之处，也打心眼里由衷佩服。方谋不由
自主地伸出了右手，并对萧涧秋竖起了大拇指，嘴上不停
地说着:"好啊! 妙，妙，实在是妙，简直妙极了!"

☆方谋问萧涧秋信仰什么主义，钱正兴趁机嘲讽地说:"像萧先生这样的
人，一定有高妙的主义的。"萧涧秋微笑地答:"主义到了高妙的程度，
还有什么用呢? 所以我没有。"

　　这时方谋无意中扭头看见倚在门边的陶岚，便借着酒兴，用手一指陶岚，问道："咦，陶岚，你哥哥陶校长肯定是人才教育主义了，你呢？"陶岚本来就对他们的夸夸其谈很是反感，现在听到方谋在问自己，她看着略有几分醉意的方谋，先是淡淡地冷笑了一声，然后声音干脆地说道："我不会像你们那样能说漂亮话，我是自私自利的个人主义！"方谋听了感觉有些惊讶，钱正兴也露出一副瞧不起的神态。只有萧涧秋听了陶岚这质朴而又实在的回答，心里一种敬佩之情油然而生。萧涧秋知道陶岚的豪爽，也已经领略了她的直言不讳，刚才的这一番话，更让萧涧秋对陶岚的纯朴和直率有了一个更新的认识和了解。在当今民族危难当头，无数的青年都与国家的存亡息息相关，各种所谓的主义也应运而生。"三民主义""资本主义""民族主

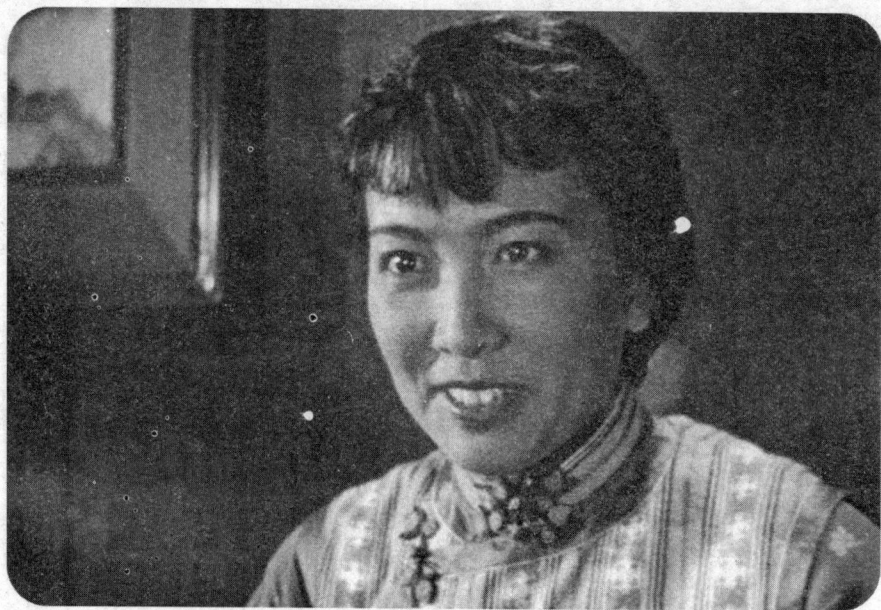

☆方谋见陶岚倚在门边，带着酒兴说："你哥哥当然是人才教育主义了，你呢？"陶岚对他们的夸夸其谈本来就很反感，回应道："我不会像你们那样说漂亮话，我是自私自利的个人主义。"萧涧秋敬佩地望了她一眼。

义"，每一个所谓的"主义"都有属于它的拥趸。每一个所谓的"主义"都标称自己是最适合当前的中国国情的，都是顺应民心的。但实际上呢，却不是这样。当陶岚以开玩笑般的口气说出"自私自利的个人主义"时，这一人性与生俱来的秉性，又一次真正的回归到真实上来。这一点，让萧涧秋对陶岚肃然起敬。

陶岚的这一句"我是自私自利的个人主义"，让钱正兴高大的"资本主义"和方谋深邃的"三民主义"顿时变得无比渺小与卑微。钱正兴与方谋互相望了望对方，二人的脸上也显现出了几丝尴尬与难堪。陶校长唯恐钱正兴和方谋两位下不来台，连忙解围，一边端起酒杯，一边笑着说道："我看啊，咱们先别谈什么主义啦，目前喝酒最实际！来吧，咱们先干了这杯！"然后就把端着的酒杯向众人示意一下，一饮而尽。听陶慕侃这么一说，钱正兴和方谋才从

☆陶校长惟恐钱、方二位下不来台，连忙解围说："我看不要谈什么主义了，目前喝酒最实际，来，干了这杯。"

刚才的尴尬中恢复过来，连忙也端起酒杯，和萧涧秋、陶慕侃示意一下，然后也干了。这时陶母把蒸好的鱼端了上来，方谋趁着去关门的工夫，瞅了眼门外，对大家说道："嘿，外边下雪了。"一听说下雪了，这钱正兴劲又上来了，一边往嘴里夹菜，一边嘟囔道："你看，我说气候不正常吧！"萧涧秋和陶慕侃都没理他，自当没听到。方谋也顾不上那么多，正在向陶慕侃敬酒。几个人边吃边喝边聊，毫不热闹。

第三章
探望文嫂

　　过了一会儿，陶岚靠在墙边的桌子上，表情沉重地对陶慕侃说："哥哥，听说文嫂今天回来了……好像是白跑了一趟，抚恤金一个子儿也没领到。""是啊，上海这么大地方，又是郑长芳的天下，哪儿能找到革命党的机关。"陶慕侃说完这番话，就端起酒杯自饮了一杯。陶岚看萧涧秋一头雾水，便走上前问道："咦，萧先生，今天您在船上，有

☆过了一会儿，陶岚问："听说文嫂今天回来了……"接着他们便谈起了文嫂的情况。萧涧秋这才知道，他在船上看到的孤儿寡母，竟是他的大学同学李志豪的家小。

没有看到一个年轻的妇人，领着两个孩子的？""有的！"萧涧秋稍微沉思了一下，回答道。这时陶慕侃用手拍了拍萧涧秋的胳膊说道："对了，涧秋，你还记得我们在师范学院的时候，有一个会演讲的，姓李的同学吗？"萧涧秋想了想，印象中好像有这么一位男生，个子不是很高，但看上去很精干，能说会道，经常参与和组织一些学校的活动，自己还参加过他组织的游行呢。这时他便看着陶慕侃说道："噢，你说的是李志豪么？""对！"陶慕侃轻轻拍了拍萧涧秋的手，示意答对了，然后接着说："你看到的就是李志豪的家小！""哦，怎么了？他……"萧涧秋感到很意外。

陶慕侃长长叹了一口气说道："志豪是个有志气的人，可惜一直总是不得志，东奔西跑了好几年。后来，考上了军校。谁知前途刚有希望，竟在去年十月攻打惠州的时候，阵亡了。"说完这句话，陶慕侃的视线已经由萧涧秋脸上转到了桌子上，眼角也有些湿润了。萧涧秋听到这个消息，脑子里嗡嗡只响。虽说自己上学时和李志豪没什么太多的交情，但他的遭遇让他感到悲痛，特别是李志豪走后，留下的孤儿寡母，更让萧涧秋感到心头发紧。这时正在与钱正兴喝酒的方谋看着萧涧秋惊奇地插言道："什么？原来萧先生和李志豪是同学呀？""嗯！"萧涧秋看着方谋答道："李志豪比我高一班，五四运动那年……"没等他说下去，陶慕侃接过话来："对了，我记得那个时候，他带了一批同学，去搜查日货，还上街游行，你当时不是也在一起么？""对！"萧涧秋边说边叹了一口气，"这几年来，一直没有通信，没想到他……"没等他说下去，钱正兴便打断道："好啦，好啦！别谈这些了。来，大家举杯，我们干了这杯！"说完便一抬头就干了。萧涧秋将举起的酒杯又重新放在了桌子上，此时他哪儿有心思喝酒呀，他还深深地沉浸在李志豪阵亡的悲痛之中。萧涧秋的一举一动，都被站在旁边的陶岚看在眼里，记在心里。

雪越下越大，下了整整一夜，早上起来，更大了。陶

☆陶慕侃感慨地说："志豪是个有志气的人，考上黄埔军校，不幸去
年阵亡了。"

☆第二天一早，萧涧秋冒着纷飞的雪花，来到文嫂家门前，他踌躇
地叩了几下门。

岚匆匆吃饭早饭，便撑了雨伞顶着鹅毛大雪出门了。她不是去别的什么地方，而是去哥哥的学校找萧涧秋。下雪了，天也冷了许多，她特意穿了一件紫蝴蝶的长袍，围了一条白色的长长的围巾。当她来到萧涧秋住的地方时，门关着，她敲了敲门，没人应答，看来屋子里没有人。她把伞放在门外，然后推门进来了。可能是刚搬进来吧，房间也没怎么收拾，就连萧涧秋的行李箱子都还在一个木柜上放着，都没来得及安顿。陶岚在屋子里四下转了转，看了看，虽说行李没来得及收拾，但桌子上已经放了好多书。还有一个不大的骆驼雕塑放在桌子一角，陶岚见了忍不住拿起来好好的欣赏一番。放下"骆驼"，她又看起了桌上散乱着的书，有古籍书，有杂志，有 16 开的，有 32 开的，有线订的，有胶装的，她一会儿翻翻这本，一会看看那本。而此时的萧涧秋，正行进在铺满白雪的路上。他之所以如此早冒雪出门，既不是为了欣赏这芙蓉镇的美丽雪景，也不是为了感受这雪后的清醒空气，而是因为他心里始终惦着李志豪的家人——文嫂，还有他的两个孩子。文嫂家的院墙显得有些破旧，斑驳的院墙上两扇陈旧的木门紧闭着。萧涧秋来到门前，踌躇地叩了几下门。

这两扇木门是用十来块不厚的木板后边再加两根横梁连起来的，敲上去声音脆脆的，一听就是很单薄。过了片刻，屋子里传出走路的声音，然后是拉门闩的声音。门终于开了，从半开的门中，文嫂用迟疑的目光打量了一眼萧涧秋，她看了看不认识眼前敲门的这个男人，随即想把门关上。萧涧秋看到文嫂，这正是自己昨天在班轮上遇到的坐在船舷边怀里还抱着个小男孩一言也不发的妇人。看到她，仿佛看到了久违的李志豪，他们学生时代的一幕幕在眼前回放。李志豪清瘦的身影，轻快的步伐，爽朗的笑声，清秀的字迹……这一切瞬间都在萧涧秋的眼里浮现了一遍。而就是这样一个有理想、有抱负的人，却阵亡了。现在自己眼前看到的这个妇人，就是李志豪的妻子文嫂，一个还

未曾真正享受到幸福生活的女子。此时，她却要一个人带着两个孩子去挑战窘迫的现实。萧涧秋的心情是沉重的，尽管他不相信这一切都是真的，但是，实事就是如此，他不得不相信。

☆文嫂半开着门，抬眼一望是位生人，随即想把门关上。

萧涧秋对文嫂流露的是同情与怜悯，自从昨天吃饭时听陶岚和陶慕侃说起李志豪的事，他心里久久不能平静，一直惦记着文嫂和两个孩子。他联想到昨天在班轮上，那个捡起桔子的小姑娘说给妈妈的话："妈妈，到家是不是我就可以吃桔子啦？"更让他心痛不已。而此时文嫂面对一个在大雪纷飞的早上登门造访陌生人，她的警戒之心陡然提高，一看不认识萧涧秋，略迟疑，然后就要把门关上。萧涧秋顺手将门轻轻推开，温和地对文嫂说："请原谅。你是不是李先生的家人？"文嫂听他这样说，便有些犹豫地问道："先生，您是……""我姓萧，我是芙蓉镇中学的教师。"萧涧秋站在门外介绍自己，"过去，我和李先生是同

学。"一听是死去的丈夫志豪的同学，文嫂悲由心生，掩面而泣，哽咽着说："他……"萧涧秋不知如何安慰她，对她说："李先生的不幸，陶校长已经告诉我了。"看文嫂悲痛的心情略为好转，萧涧秋说道："我今天来是特意看看孩子的。"

☆萧涧秋顺手将门推开，温和地说："我姓萧，是芙蓉镇中学的教师，是李先生过去的同学，他的不幸陶校长已经告诉我了。今天我是特地来看望孩子的。"

一听萧涧秋说是李志豪的同学，文嫂警惕的心已经放松了些许。又听说是专程来看孩子的，文嫂的心中顿时感受到一种久违的暖意。自从李志豪走后，文嫂可以说最开始天天以泪洗面，后来心情多少平伏下来了，可是想想两个孩子，家里的顶梁柱也没了，这以后的日子可怎么过呀，一想到这些，心里就又难受起来。眼前这个人温柔的话语，真诚的表达，让文嫂很是欣慰。既然人家都说了是志豪的同学，还是来看孩子的，那再不让人家进门也就太说不过

去了。文嫂显得有些手足无措，让萧涧秋进来吧，家里实
在是太脏太乱了，都是一些破烂家什，连个像样的物件都
没有，甚至连下脚的地方都没有。可是不让萧涧秋进来吧，
怎么说人家也是志豪的同学，也算是客人，拒客人于门外，
总说不过去吧。再说文嫂也是一个农家妇女，质朴憨厚。
她还是打开了门，对萧涧秋说道："请进来吧！屋子里可不
像样子。"萧涧秋这才在门口掸了掸身上的雪，然后随着文
嫂走进昏暗、低矮、破旧的屋中。文嫂顺手关上门，急忙
从一个简单的桌子下边拉出一个椅子，胡乱用衣服蹭了蹭，
对萧涧秋说："您请坐。"萧涧秋简单地打量了下屋子，采
莲和弟弟正瑟缩地围着破被子坐在那里啃白薯。

☆文嫂一时手足无措："请进来吧！屋里可不像样子。"萧涧秋随着文嫂走
　进昏暗、破旧的屋中。木床上，采莲和弟弟正瑟缩地围着破被子坐在那
　里啃白薯。

　　"采莲，这位伯伯来看你了。"文嫂对正在床上啃白薯
的采莲说道。采莲把白薯从嘴边拿下，用清纯的目光望着

萧涧秋。萧涧秋急忙走到床前，半俯在床上，用手摸着采莲的小脸蛋问道："小妹妹，你还认识我吗？"采莲望着萧涧秋，感觉很陌生，她迟疑地摇了摇头。这时萧涧秋提示她说："昨天在船上，你还记得吗？"采莲还是显得的犹豫不定，可能是年龄小吧，记忆更新太快，对昨天的事情印象已经淡了。这时萧涧秋看小采莲还是没想起自己是谁，便又引导着说道："你当时在船上掉了一只桔子，桔子在船上滚啊滚啊，正好滚到了我的身边……你想起来了么？"听萧涧秋这么一说，小采莲脸上荡漾着微笑，眼睛也格外有神，她记起来了。萧涧秋看到小采莲终于认出了自己，也很高兴。看着小采莲，他略有遗憾地说："可惜我今天忘带桔子了，过几天我一定给你带几只来，啊。"小采莲听萧涧秋过几天带桔子给她，她开心地点了点头。萧涧秋看着小采莲可爱的脸庞，忍不住伸手像父亲般轻轻地摸了摸。

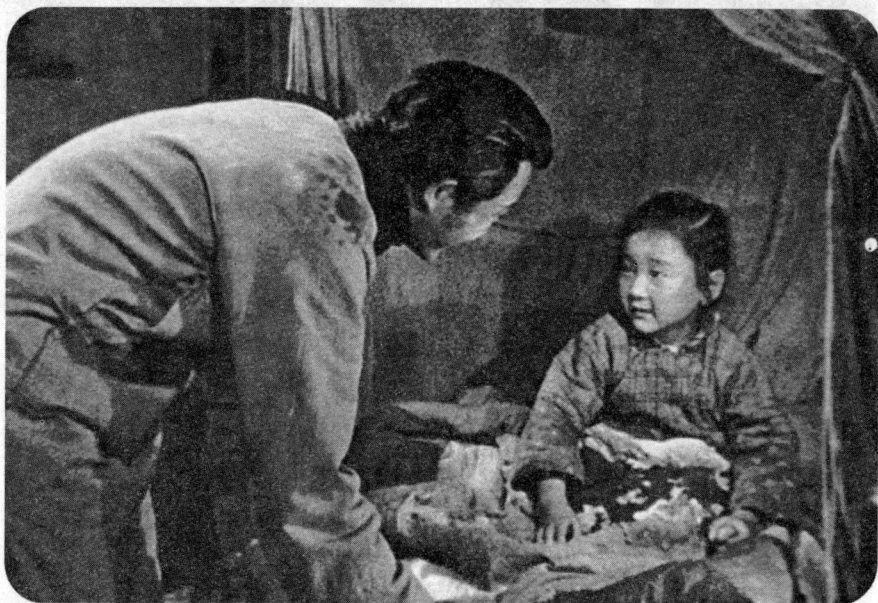

☆萧涧秋摸着采莲的小脸问："小妹妹，你还认识我吗？昨天在船上你掉了一只桔子，是不是？过几天我一定给你带几只来。"采莲看着萧涧秋笑了。

　　屋子里很冷，萧涧秋一边不停地搓着手，一边在屋子走动着。木格窗户上的窗纸都被风吹破了，却未曾补过，冷风一个劲从窗户中刮进来，在凌乱不堪的屋子里绕一圈，然后再从破旧的木门中飞奔而去。文嫂看着萧涧秋不停的踱步，略有些难为情地对他说道："你，你坐呀?!"萧涧秋点了点头，在椅子上坐了下来。文嫂也坐在了床边，顺便给儿子重新弄了弄破棉被。萧涧秋看着破落的家境，对文嫂说道："我想问一问，你们以后的生活有什么打算么?"文嫂迟疑了片刻，用迟缓的语气说道："还说不上呢。"顿了顿又说道："我连想都不敢想。"萧涧秋用疑问的口气问道："是不是有一些田地?"听萧涧秋说到田地，文嫂的眼圈已经红了，她嘴唇颤抖着说："连屋子后边的那一小片菜园，都给他卖光了。""有亲戚吗?"萧涧秋接着问道。文嫂摇了摇头，伏下身子抚摸着床上的儿子。萧涧秋的心情波

☆萧涧秋问起文嫂以后的生活打算，文嫂慢慢地答道："还说不上，没有地，没有亲戚，就因为有这两个孩子，才得熬着活下去……"

涛起伏，他在椅子上坐不住了，他站了起来，重新打量着这个所谓的家。文嫂看着儿子说道："萧先生，就是因为有这两个孩子，才能熬着活下去……"

萧涧秋应和着说："是啊，得活下去呀！俗话说，天无绝人之路……"听了他的话，文嫂转过身来，用混沌的目光盯着萧涧秋，眼神里满是迷茫与困惑。她悲伤地说道："天？先生，我已经不相信有什么天了，天的眼睛在哪儿?!"说着，文嫂不禁抽泣起来。此时，她心里有无尽的怨气。本来是美满幸福的一家四口，虽说日子过得并不富裕，手头也不宽绰，但至少李志豪参加了革命军，每个月都有军饷、俸禄，也算能勉强生活度日，手上再紧些，也能攒一个半个的。可是现在，志豪阵亡了，家里的顶梁柱倒了，没有了经济来源，生活都没了依靠，吃饭都成了问题。本来军人阵亡是有抚恤金的，可是志豪已经阵亡这么长时间了，上边却一分钱也没给过。自己也去上海找过好几回了，白搭车船费不说，还耽误时间、磨鞋底，连革命军的机关都没找到。本来自己也一直都安慰自己，告诉自己"老天爷饿不死瞎家雀儿"，可是现在呢？自己还不如瞎家雀儿呢。

萧涧秋看着可怜的母子三人，心里也特别难过。他走到床前，想安慰文嫂几句。"我相信，好人终究不会受委屈的。"文嫂稍微镇定了一下，让自己激动的心平静下来，对站在床前的萧涧秋说："萧先生，你请坐……我去给你烧点儿水去。"文嫂的心里依旧是无比的悲痛，她无奈自己的命运，痛恨死去的丈夫，看着两个幼小的孩子，而自己却没有能力去抚养他们长大成人。虽然说是萧涧秋点燃了她心中对老天爷的那份怨恨，但她心里明白，在外人面前，在萧涧秋面前，自己不能显得太懦弱，那样会被人瞧不起。所以她想通过某些活动来掩饰自己愤懑不平的心情，她之所以去烧水，一是感觉萧涧秋大老远的能专程来看望自己和孩子，无论是他作为死去的丈夫的同学还是对革命军战士的崇敬，萧涧秋的行为都让人值得钦佩；二是文嫂想通

☆萧涧秋应和着说："是啊，得活下去呀！天无绝人之路……"文嫂悲伤地说："先生，我早已经不相信什么天了，天的眼睛在哪儿啊!?"说着不禁抽泣起来。

☆萧涧秋面对可怜的母女三人，心里很难过。文嫂擦了擦眼泪，要去给萧涧秋烧水喝。

过烧水，来弱化和转移自己心中那份压抑已久的难受的心情。她想通过烧水，来让自己从麻木中清醒。

听到文嫂说要去给自己烧水喝，萧涧秋忙阻拦："不，不用了！你不要客气了！"萧涧秋能深深地体会到此时文嫂的心情。一个失去丈夫的女人，还带着两个孩子，无论是穿衣吃饭还是拿药打针，这对她来说都是很重的负担。他希望文嫂能坚强起来，能振作起来，能勇敢地面对现实，昂首阔步地走下去。他希望能帮助文嫂，一是为了告慰老同学李志豪的在天之灵，二是为了这两个年幼的孩子，能有一个不太苦涩的童年。萧涧秋走到正在舀水的文嫂身边，用商量的语气跟她说道："我想跟你说一件事情，我今天到这里来，就是为了……"就在此时，在床上的小男孩突然哭了起来。萧涧秋看了看哭泣的孩子，接着说："我以后，打算负担起抚养这两

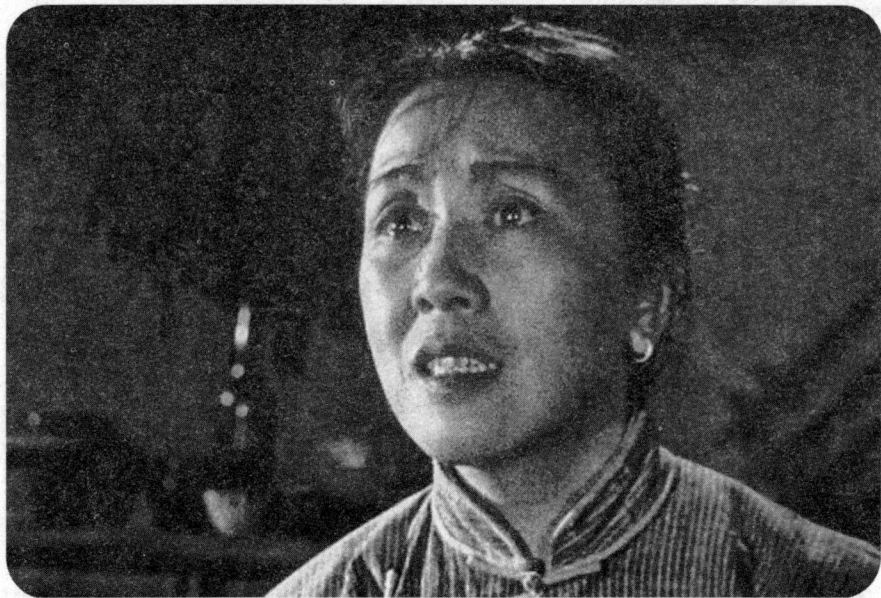

☆萧涧秋忙拦住她说："不用客气了，我想告诉你，我打算今后负担起抚养这两个孩子的责任，我的收入可以拿出一半供给你们。"文嫂呆了似的看着他："先生，你是……"

个孩子的责任。"看着文嫂简直不相信的表情，萧涧秋又道：
"我自己没什么负担，可以尽一点小小的力量。"文嫂不相信
这是真的，她没想到这个陌生人会说出这么有份量的话，文
嫂望着萧涧秋说道："先生，你是……"

　　萧涧秋看着文嫂将信将疑的样子说道："请你不要见外
了，我对志豪素来是很敬佩的。"边说，萧涧秋边从衣服的
口袋里掏出一张五元的钞票给文嫂，文嫂连忙推辞。文嫂
知道，虽然自己现在没有钱，家里急需要钱，米缸已经空
了好些时日了，油和盐也基本上没了，地也被卖了，连面
和菜也不能自给自足了。要是光自己一个人，那还好，自
己可以随便做些什么事情，不管是去给人当佣人、做保姆，
还是去做帮工，都能混口热饭吃。可是现在不行啊，还有
一个六七岁的小姑娘和一个二三岁的儿子，他们离不开自
己啊。文嫂再三推让，萧涧秋看文嫂很是执拗，便对她说

☆萧涧秋说："我对志豪素来很敬佩，请不要见外了。"说着掏出一张五元
的钞票。文嫂慌忙推辞说："不！"萧涧秋坚持说："为了孩子你得收下，
我该回去了。"

道："为了孩子，你得收下！"正是这一句话，让文嫂瞬间回到了现实。是啊，不为别的，不为自己，为了孩子，孩子不能不吃饭啊……萧涧秋硬把这张五元的钞票塞到文嫂手中，然后留下一句"我该走了！"便从这间破旧的小屋子里快步地走了出去，他不想让文嫂有太多的不自在，他只希望能切实地帮着她。文嫂手中拿着这张五元钞票，站在水缸边，久久不能平静。

初晴的大地，一片银白。波光粼粼的河水在春光的照耀下闪耀着亮晶晶的光芒，几只鸭子在河水中游弋，感受着春天的温煦。河边的柳树上依然挂满了白雪，像是编织的一条条洁白的围巾，在春风中舞动。岸边的白雪看上去是那么的刺眼，好像要通过人的眼睛，洞穿人的心灵。萧涧秋望着这初春的美景，尽情地呼吸着雪后清新的空气，心中无比舒畅，内心深处有种说不出的愉悦，他为自己能

☆初晴的大地，一片银白。萧涧秋舒展着双臂，内心有种说不出的愉悦，他为自己能尽一点力量帮助阵亡同学的家眷而感到快慰。

尽一点力量帮助阵亡同学的家眷而感到快慰。他尽情地在雪地里放纵自己，时而奔跑，时而跳跃，时而振臂高呼，时而昂首呐喊。他站在石桥上，望着眼前芙蓉镇春天的美景，感受着春天的浓浓气息，仿佛自己得到了春姑娘的一个紧紧拥抱。寒冷的冬天彻底就要过去了，温暖的春天到来了。柳树就要发芽了，快乐的小燕子也很快就要飞回来了。过不了多久，绿叶、红花就会渲染整个世界，因为大自然的春天已经来了，我们革命的春天还会远么？

第四章

陶岚借书

萧涧秋踏着晶莹的白雪，愉快地走在回家的路上。春天来了，天也放晴了，经过一场雪的洗礼，大自然也愈发变得知性了。心情愉快，路程也就不感到远了，很快就到家了。萧涧秋推开自己的房门时，陶岚正在书架前尽情地在知识的海洋里陶醉。听到门开的声音，萧涧秋已经推门而入，"萧先生！"陶岚手里捧着书，忙跟突然回来的萧涧秋打招呼。萧涧秋被这声音吓了一跳，门开着，他站在门口，手还握着门把手。他没想到自己房间里会有人，更没

☆他推开自己的房门时，陶岚正在书架前翻书。陶岚笑着说："萧先生，你不会觉得我冒昧吧。我来了很久，你的书我几乎都翻遍了……"

想到会是个女的，还是陶岚，这的确有些出乎他的意料。陶岚见萧涧秋有些意外，忙放下手中的书，走了几步迎上去对萧涧秋说道："我在你的房间里已经待了很久了。你不会觉得我冒昧吧！"萧涧秋这才感觉到自己有些失态了，边关上门边急忙说道："不，不，没什么。"陶岚看着风尘仆仆的萧涧秋说："你的书我几乎都翻遍了。""哦，不好意思，实在乱得很。"边说边把脖子上的围巾摘下来挂好，然后忙走到堆满书的桌子边，"还没来得及整理呢。"萧涧秋边说边开始整理。刚收拾几本，好像想起了什么，又放下手中的书，连忙把放在墙边的椅子拉过来，擦了擦，对陶岚说："请坐吧！""你这么客气干什么？"陶岚看着萧涧秋微笑着说。萧涧秋有些不好意思，但还是伸了伸手，示意陶岚坐。陶岚不再客气，坐在了椅子上。

陶岚坐在椅子上也不忘继续翻书，她拿起一本看了起来。萧涧秋拿了杯子，看了一眼陶岚手中拿着的书，然后一边给陶岚倒水，一边对她说道："这书恐怕你并不喜欢吧？""为什么呢？"陶岚有些纳闷。"听说你是学理科的，这儿没有这方面的书。"萧涧秋边说边把倒好的开水递给陶岚。"谢谢！"陶岚开心地接过了温暖的杯子，双手捧着杯子，看着萧涧秋，心想，他怎么知道我是学理科的呢？肯定是哥哥告诉他的。可是，是萧涧秋问的哥哥呢？还是哥哥和他聊天时自己说的呢？虽然结果都是萧涧秋知道她是学理科的了，但过程却不一样。这时她对萧涧秋说道："不，我现在已经不学它了。我本来是喜欢艺术的，就因为别人说女的不能做数学家，所以我才偏要去学理科，可实在是不感兴趣。"光是让客人坐，主人却站着，这让陶岚感觉有些难为情，忙对着萧涧秋说道："你也坐呀。""好。"萧涧秋便坐在了陶岚对面的椅子上。

等萧涧秋坐好，陶岚便继续说道："后来我想，穷人打官司总是输，将来我还是做一个律师，替穷人写状纸。为被压迫的人出庭辩护。"陶岚在说这番话时，茶杯放在旁

☆萧涧秋笑着说："这书恐怕你并不喜欢吧？听说你是学理科的。"
　陶岚说："我本来是喜欢艺术的，因为别人说女的不能做数学家，
　我才偏要学理科的，可实在是不感兴趣。"

☆陶岚继续说："后来我想，穷人打官司总是输，将来我还是做一个律
　师替穷人写状子，替他们出庭辩护。可是现在我知道这是不可能了。"

边，双手放在桌子上，表情很庄重，特别是双眼透露出一种清纯的目光，让人感觉很亲切。顿了一下，陶岚又有些无可奈何笑了笑说道："可是，现在我知道这是不可能了。"萧涧秋一直在认真地听陶岚说话。他被眼前这个女青年所折服，他没想到陶岚不但性格直爽、豪放，而且骨子里都有一种澎湃的激情在时刻的回荡。特别是在当下，战乱不断，灾害连连，更多的人是在想如何能明哲保身，怎样才能让自己得到什么，而眼前这个陶岚，却是时刻在想着那些穷苦的受难人。萧涧秋从陶岚身上看到了她倔强的性格，她可以为了别人说女的不能做数学家而去学理科，可见她是多么的有思想。萧涧秋感觉自己走南闯北这么多年，却一直在迷茫中徘徊，此时，他仿佛从陶岚身上看到了什么。

这时，陶岚看着正在沉思中的萧涧秋，微笑着问道："萧先生，我倒想看点哲学方面的书，你能推荐给我一本吗？""好啊！我给你找一找。"听说陶岚要看哲学类的书籍，这让萧涧秋悸动的心更平添了一份愉悦。一个有思想的姑娘，心里情系社会最底层的人，一心想着能为别人做些什么，这让萧涧秋很欣慰。他心里已经开始敬佩陶岚了，刚才陶岚又说要萧涧秋介绍哲学方面的书给她看，更说明这个姑娘正在进步。哲学是一门很深的学问，不是每一个人都能看得懂，都能看得明白的。更多的人都不理解哲学，因为他们已经被"哲学"这两个字完全吓住了。可是，放眼全球，哲学对整个世界，对整个人类社会的影响力是不言而喻的。萧涧秋很高兴陶岚能对哲学感兴趣，也希望她能保持住这份热情。萧涧秋从椅子上站了起来，开始给陶岚找哲学类的书。萧涧秋走遍了大半个中国，除了几件简单的衣服和被褥，那陪伴他的便是这些沉重的书籍了。

最终，萧涧秋选了一本相对入门的哲学类书籍递给陶岚，并关切地征询她的意见："你看这本书可以吗？"陶岚

☆她又笑着说："萧先生，我倒想看点哲学方面的书，能推荐一本吗？"萧涧秋从书架上找出一本书递给她。

☆陶岚问："萧先生，下午你还出去吗？"萧涧秋说："不了，刚才我到文嫂家去了一趟，看了看志豪的两个孩子。唉！可怜得很，孩子冻得直叫冷，家里连下锅米也没有。我想替他们想想办法。"

接过书来，笑着点了点头说："可以。"然后又简单地把桌子上凌乱地放着的书码放好。这时陶岚问他："下午你还出去吗？"萧涧秋放下手中整理的书，慢慢走到床边坐了下来，然后说："不了。刚才我到西村文嫂家去走了一趟，看了看志豪的两个孩子。""我知道……"陶岚说道，"是阿荣告诉我的。"开始萧涧秋还纳闷呢，陶岚怎么会知道呢，听她说是阿荣告诉她的，心里也就不奇怪的。陶岚听到萧涧秋说去过文嫂家了，便把手中的书放到桌子角，走到萧涧秋跟前关切地问道："文嫂她们现在怎么样了？""唉！可怜得很啊！"萧涧秋叹了口气说道，"家里的房子很是破旧，还四面漏风。两个孩子冻得直叫冷，床上的被子又薄又破，根本管不了什么用。家里连件像样的家什也没有，连下锅做饭的米面都没有。所以，我想替他们想想办法。"

"我已经知道。"陶岚看着萧涧秋自信地说道。萧涧秋又有些晕了，他感到很奇怪，怎么陶岚什么都知道呢？便对她说："事情还没做呢，你怎么就知道了呢？""我当然知道的……"陶岚像个调皮的小孩子，从床边走到靠近窗户的一侧，接着说："你为什么独自要到他们那儿去，我们又为什么不去？下着这么大的雪，还刮着呼呼的西北风，外面冷得很，哥哥他们都围在炉边喝酒，为什么你一个人去呢？"陶岚不但是一个性格开朗、直爽的姑娘，更是一个很有心计的女孩。她已经被萧涧秋深深吸引，自打昨天刚一见到萧涧秋，陶岚就被萧涧秋的学识、经历所吸引。特别是今天又知道了他冒着风雪去看望同学的遗孀和孩子，这更让陶岚敬佩。她之所以拿自己的哥哥还有其他人跟萧涧秋比，是因为她一直认为哥哥是一校之长，平时为人处世都挺让陶岚信服的。但与萧涧秋比起来，哥哥还是有很大差距的。她已经对萧涧秋有了好感。

萧涧秋被陶岚的话所触动，他没有想到，这样一个青年女子，居然能说出这样的话来，这让萧涧秋感觉自己有些小看陶岚。萧涧秋惊讶地看着陶岚，她不仅美丽，又是那么的

☆陶岚说："我已经知道。"萧涧秋很奇怪："你怎么会知道呢?"她说："我知道的,外面下着大雨,别人都在围着火炉喝酒,你为什么独自到他们那里去?这就说明了一切。"

☆萧涧秋惊奇地看着她,她不仅美丽,又是那么聪慧。接着,陶岚心绪黯然地说："我总是被关在狭小的笼子里,我不知道笼子外面还有怎样的世界,我恐怕是飞不出去了!"

聪慧。陶岚看着萧涧秋，心绪黯然地说道："我很奇怪，没有什么人管我，可我总把自己关在房间里……"陶岚望着窗外，继续道："外面的世界是什么样子，可我一点儿也不知道。"陶岚在屋子里走了几步，满怀惆怅地说："我恐怕是飞不出去了。"萧涧秋望着眼前这个充满伤感的女子，十分不解地问道："你为什么要说这样的话呢？"陶岚又重新站在窗前，望着窗外阳光普照下的美景，轻轻地说道："这么想，就这么说了。"然后陶岚又拿起放在桌角的那本萧涧秋推荐给她看的哲学类的书随手翻了起来。萧涧秋没想到这样一个外表看上去开朗、活泼、直爽的人，却有如此慎密地心思，如此扰人的烦忧。他感觉到陶岚真的是好有思想，不同于当今社会的其他女子。

听了陶岚的话，望着她站在窗前的身影，萧涧秋一时不知如何是好，更不知如何来安慰她。倒是陶岚，并没有被这

☆萧涧秋一时无法安慰她。过后，陶岚邀请萧涧秋下午去她那里弹钢琴，萧涧秋高兴地答应了。陶岚说："我的要求都满足了，没有理由再坐了。"说完她快活地转身走出门去。

种沉闷的思想所束缚，她扭过头看着略带忧愁的萧涧秋说道："萧先生，我还没把我的来意告诉你呢。"听陶岚这么一说，萧涧秋倒也豁然了些许。陶岚接着说："你不是答应过，教我弹钢琴么？"萧涧秋听陶岚这么一说，倒感觉有些不好意思了。"我今天一大早，已经把钢琴的位置摆好了就来这儿找你，可惜你没在家。今天下午，你愿意到我家里去吗？"萧涧秋怎么能够忍心拒绝这个可爱又美丽的姑娘的热情相邀呢，他便笑着对陶岚说："好啊，我一定去。""那太好了！"陶岚抑制不住自己内心的激动与喜悦，高兴地叫了出来。在她的眼里，萧涧秋走南闯北，五湖四海去过好多地方，可以说是无所不通，无所不晓。见萧涧秋已经答应自己，陶岚便开心地拿起书对萧涧秋说："我的要求都满足了，我没有理由再坐了。"说完就奔向门口，临出门时，扭头对相送的萧涧秋说："别忘了带琴谱。"说完便快活地转身走出去了，萧涧秋说道："好，我会记得的。"

　　下午，萧涧秋没有食言，很早就来到了陶家。他带来了琴谱，准备弹钢琴。陶岚好奇地在钢琴上轻轻地翻看着他的琴谱，"《徘徊》曲……"当她看到一首名字为《徘徊》的琴谱时，禁不住读了出来，翻页的手也停了下来，顺便将这首曲谱从这本曲谱中抽了出来。她认真地看着这首曲子，然后指着这首《徘徊》曲问坐在钢琴前椅子上的萧涧秋道："这是哪个作曲家的作品？"萧涧秋听陶岚这么一问，显得有些害羞，略带着不好意思的口气说："那不是什么作曲家的作品，那是我在三年以前，一时感情冲动，胡乱写的，也没什么曲调。"说到最后，萧涧秋将这首《徘徊》曲的曲谱从陶岚手中夺了过来，然后又重新放到曲本的后面。这时陶岚不干了，她又重新把这首《徘徊》曲拿到最前面，然后开心地对萧涧秋说："那么就请你弹它吧！""那……你可不要见笑啊。"萧涧秋拗不过陶岚，只好从命。陶岚点了点头，这时萧涧秋便弹起了这首《徘徊》曲。

　　虽然好久没有摸钢琴了，但萧涧秋并没有丝毫的生疏

☆萧涧秋来到陶家，准备弹钢琴。陶岚翻着萧涧秋的琴谱，当看到
一首《徘徊》曲谱时，她问是谁作的，萧涧秋说："是我三年前一
时感情冲动胡乱写的。"陶岚说："就请你弹它吧！"

☆陶岚全神贯注地听着乐曲，凝视着萧涧秋的脸，唤起了一段回忆

感。那略显粗糙的手指尽管与黑白交划的钢琴按键并不十分协调，但这却没有让悠扬的琴声打半点的折扣。萧涧秋全神贯注地弹着钢琴，节奏时而明快，时而低沉，时而高昂，时而轻缓。萧涧秋的身体也随着手指的节奏不停地晃动着。这是陶岚第一次听萧涧秋弹钢琴，虽然她家里有钢琴，但她却不会弹，一直想找个老师教自己，一是因为没有合适的人来教，二是自己也始终没有静下心来真正地想去学。直到遇到了萧涧秋，听说他会弹钢琴，陶岚的钢琴才有用武之地。萧涧秋全神贯注地弹着，陶岚全身心投入地听着。尽管她不会弹，但是曲子的好坏和弹得如何还是能听出来的，她从这悠扬的曲调中，仿佛看到了那个年代的萧涧秋，感受到了他那个时代的困惑与烦忧。萧涧秋的钢琴弹得很不错，陶岚慢慢地沉浸在这迷人的曲调中了，她凝视着萧涧秋的脸，琴声唤起了她一段回忆——

　　在一个夏季的夜晚，月色朦胧，夜色迷人。湖水中，圆圆的月亮随着湖面在不停地晃动。湖边的柳树像一个害羞的女子，在夜月中轻轻摇曳。一个穿着白上衣、白裤子、黑皮鞋的青年学生在湖边徘徊，他时而双手插在裤子兜里沿着湖堤来回不停踱步，时而站在湖边两眼痴痴地望着湖面发呆。这一切，恰好被从这里经过的陶岚和一个女同学看到。这么晚了，一个男生在湖边如此的状态，不免让人担心。当她和那个女同学快要走过去时，她猛扭回头，注视着湖边的这个青年学生。同行的女同学看陶岚站住不走了，便问陶岚："怎么，你认识他？""不！"陶岚依然目不转睛地盯着那个青年学生。然后她拉住身边的女同学说："我们在这儿坐一会儿吧。"然后两个人在湖边柳树下的长椅上坐了下来。陶岚的目光始终没有离开过湖边的这个青年学生，她的女同学看着陶岚问道："怎么？你担心他自杀？"陶岚不置可否地看了女同学一眼说道："也许我是多想了。"这时依旧在湖边徘徊的青年学生看到了坐在长椅上的陶岚和她的女同学，便定了定神，然后迈着矫健的步伐

离开了湖边．害得陶岚还被女同学埋怨："你看你，他看到我们了，让人家笑话我们。"然后两个人就笑了……

☆在一个夏季的夜晚．月色朦胧，一个青年学生在湖边徘徊，不时停下来两眼痴痴地看着湖面。适逢陶岚和一位女同学路过，她俩怕那人出意外，便在一旁注视着这个青年人……

　　想到此处，陶岚把目光投向正在聚精会神弹奏《徘徊》的萧涧秋，此刻她确信，那个夏季的夜晚，在湖边徘徊的青年学生正是萧涧秋。他当时是怎么了呢？是遇到什么难题了？还是有什么伤心的事情解决不了？抑或是家人生病了？有什么事情让他惆怅成这样呢……一连串的问题都在陶岚的脑子中浮现。她还在想，莫非这首《徘徊》曲就是那个夏季的夜晚创作的？想想那个晚上，正是让人给他捏了一把汗，真担心他万一想不开，跳进了湖里，可如何是好，自己会奋不顾身地跳进去救他么？……无数的疑问让陶岚忍不住想知道个究竟。这时她又想到了萧涧秋那个夏季的夜晚在湖边的身影，想到这儿，她不禁笑出声来。正

在全身心弹钢琴的萧涧秋被陶岚突如其来的笑声吓了一跳，钢琴声也戛然而止。陶岚听到琴声停了，一看萧涧秋停止了弹钢琴，忙满怀歉意地对萧涧秋说："萧先生，你不要误会，我是想起了过去的一件事情。"

☆想到此处，陶岚把目光投向萧涧秋，此刻她确信，那个在湖边徘徊的青年学生正是萧涧秋。她不禁笑出声来。

　　看着坐在钢琴前不知所措的萧涧秋，陶岚忽然问道："萧先生，三年前的那个夏天，你到杭州的西湖边上去过么？"萧涧秋略微沉思片刻，然后恍然大悟般地看着陶岚说道："噢……那天晚上，有两个女同学在监视着我，怕我想不开，跳湖自杀。我想，那其中有一个一定是你吧？"看到萧涧秋承认了，陶岚开心地笑了，有些不好意思地说道："是的，其中有一个人是我。当时我真傻，我还以为你要……""那倒不会。"萧涧秋坚定地说。萧涧秋没有想到三年前那个夏夜自己在西湖边徘徊之时，"监视"自己的就是陶岚。自己不是一个懦弱和胆怯的人，当然不会去做那

些让人无法理喻也不可思议的事情。当时只是心里感觉很迷茫，很无助，所以才在那个夜深人静的时候在西湖边走走，当时自己的状态只是有些苦闷与烦忧，并没有陶岚想的那么严重。他现在知道那天晚上的女同学就是陶岚，心里对她又多了一份敬意和好感。想不到三年前就与她见过了……

☆陶岚忽然问道："萧先生，三年前的一个夏夜，你到过杭州西湖边吗？"
萧涧秋想了一下说："那晚上有两个女同学监视我，怕我跳湖，其中一个就是你吧？"

听了萧涧秋的回答，陶岚知道当时自己想多了。但她还是对那时的萧涧秋感到不理解，便问道："当时你为什么要那样呢？"萧涧秋沉思了片刻说道："那个时候，'五四运动'像一场风暴一样过去了。有好多好多的同学因为参与'五四运动'而被学校开除了，也有不少人做了官，也有的人成了资本家。我当时很苦闷，彷徨得很，感觉自己很无奈，不知道怎么办才对，不知道自己下一步该如何走是

好。"说到这儿，萧涧秋忍不住用钢琴来表达自己苦闷的心情，他双手快速而有力地在黑白交错的琴键上游走，振奋、发泄的声音在整个房间里扩散、回响。站在钢琴边的陶岚好像也听到了萧涧秋的心跳，她也感受到了这个男人当时的那份心情。停下舞动的双手，萧涧秋依然在钢琴前沉思着，陶岚也默默地转过身，坐在了屋子中间火盆旁的椅子上。她用右胳膊托着下巴，左臂搭在膝盖上，她自己也陷入了静静的沉思。屋外，房顶上的雪在阳光的温暖下正在慢慢融化，雪水顺着瓦口滴滴答答地淌了下来。

☆陶岚问："当时你为什么要那样呢？"萧涧秋沉思道："那时'五四运动'刚过，有的同学被学校开除了，也有的做了官。我很苦闷，彷徨得很，不知下一步该怎么走。"

坐在钢琴前的萧涧秋看到陶岚突然鸦雀无声，还真有些不适应。忙转过身来，看着思索中的陶岚问道："你怎么不说话了？"陶岚这才抬起头，慢慢地说道："你使我想到

了我自己……"萧涧秋没想到这个奔放、直爽、开朗的姑娘也有多愁善感的时候，他不想让活泼的陶岚陷入无尽的烦忧。想到这儿，萧涧秋从钢琴前的凳子上站了起来，他对陶岚说："我们不谈这些了。"他缓缓走到火盆边，对陶岚说："我却无意中在你面前暴露了自己的弱点，不过，我后来还是克服了这种彷徨。"这时陶岚抬起了头，望着眼前的萧涧秋。她想知道眼前的这个人是如何克服这种所谓的苦闷与彷徨的，又是如何做到的。她没有想到萧涧秋也有苦闷和无助的时候，在陶岚的眼里，萧涧秋是伟大的，是完美的，是不可战胜的。此时，火盆边的萧涧秋脸上带着浅浅的微笑，他对陶岚说："我现在开始同意你哥哥的看法，教育也许是有意义的！"

☆一会儿，萧涧秋起身说："我无意中在你面前暴露了自己的弱点，不过我已经用我的意志克服了。现在我同意你哥哥的见解，教育也许是有意义的。"

第五章

第一堂课

　　"当…当…当…"芙蓉镇中学的钟声敲响了，新的一天开始了。学校门口很是热闹，全是围绕着学生来做生意的小商贩。有卖铁炉烤白薯的、有卖烤肠的、有卖油炸臭豆腐的、有卖糖葫芦的。听到钟声，学生们便急急忙忙地往学校跑，然后分别进了各自的教室。这时，芙蓉镇中学的校园里，陶慕侃校长正带着萧涧秋往教室走去。学生们早就听说今天有新老师来教课，大家都翘首以盼，有的趴在窗户上往外看，有的在门缝里向外张望，还有的站在课桌

☆萧涧秋开始教课了。陶校长向同学们介绍了萧涧秋后，同学们都鼓起掌来欢迎。

上往外瞅……"来了，来了……"不知是哪个同学喊叫了一嗓子，趴在窗户上看的，从门缝向外瞅的，站在桌子上的，便都匆忙跑向了自己的座位。等大家刚刚坐好，教室的门开了，陶校长和萧涧秋先后走了进来。"起立！"级长用力地一声喊，同学们都站了起来，然后是鞠躬，再坐下。这时陶校长站在讲台中间的讲台桌后边跟大家说："同学们，我来给大家介绍一下……"然后指着旁边的萧涧秋对大家说："这位，就是你们的继任老师，萧涧秋先生。萧先生能够接受鄙校的聘请，从远地来任教，真是我校的光荣，也是同学们的幸运。萧先生到过很多的地方，见识广阔，学问渊博……"站在一旁的萧涧秋很不适应陶校长的讲话，看他还要说下去，忙打断道："你不要在同学们面前窘我了。"陶校长见萧涧秋如此说，便又借机对同学们说道："看，萧先生还有谦逊之美德，可以称得起是品学并兼，他的一切，都值得你们仿效，你们要用心求教才是。现在，就请萧先生来给你们上课。"

虽说是陶校长在讲台上训话，但课堂上还是难免有不安分的学生。这不，课堂中间位置，一个戴瓜皮帽儿的男同学就趁着这个时候，将前边女同学的辫子给绕到这名女同学坐的椅子的椅背上了。一看这个同学就像是个有钱人家的公子哥，穿的也不赖，就是不学好。陶校长讲完话，示意同学们欢迎萧涧秋上课，然后同学们在陶校长的带动下都使劲鼓起掌来。萧涧秋也没有说什么客套话之类的，直接就把学生名册打开，然后开门见山地说："现在我们开始点名，借此和你们大家认识一下。"陶校长见此景，便悄悄地退出了教室，轻轻地关上了门。萧涧秋是一个很干脆、很直接的人，特别是在这群学生面前，他更表现出来一种果断的干练，不想婆婆妈妈的。这也是他的一贯为人风格和行事作风。他之所以来芙蓉镇中学来教书，一是陶慕侃和他是好朋友，他在这里当校长；二是他受陶校长的影响，已经意识到教育的重要性，特别是在当下，教育作为一种

传递知识与文化的方式，对学生今后的发展起着至关重要的作用；再就是他在外走南闯北这么多年，却始终没有找到自己的价值所在，他也想换个环境，好好地沉淀和反思自己。所以当陶校长请他到芙蓉镇中学来任教时，他就很痛快地答应了。

☆陶校长退出门去。萧涧秋翻开点名簿开始点名，借此好和同学们一一认识。

　　萧涧秋开始按照学生名册逐个点名："林志雄……""到"教室里一名男生听到老师念到自己的名字，便站起来答道。萧涧秋看了看这名同学，然后用手中的笔在学生名册上打了个勾。然后继续点名，"黄文亭……"萧涧秋念道，这时下边一个穿着皮马甲，戴着瓜皮帽的学生在同桌用胳膊的"提醒"下迷迷糊糊地站了起来，一边口中答"到"，一边用手挠着后脑勺。萧涧秋看了他一眼便对他说道："你坐下吧。"萧涧秋继续点名，"牛卫仙……"

"到……哎呀……"一个长辫子女生听到老师点名，忙一边答"到"一边往起站，结果辫子被绑在椅背上了，所以她由于站得太用力，椅子差点被带起来，辫子让椅子一拽，疼得她"哎呀"一声叫了出来。这一切当然是坐在她身后的公子哥干的了，刚才陶校长训话时，他没做别的，就干这个了。看到她的辫子被绑在椅子上了，同学们都在起哄，萧涧秋看着大家，然后他说道："后边那位同学，请你站起来。"那个调皮的男生便懒懒散散地站了起来。"你叫什么名字？"萧涧秋问道。"我叫郑文海。"他有气无力地回答。萧涧秋看了看他，并没有说什么，而是让他又坐下了。然后萧涧秋继续点名，当点到"王富生"时，同学们都不约而同地转头看着教室里唯一的一个空座位。萧涧秋见此情景，便问级长："他请假了么？"级长站起来答到："没有请假，他经常迟到。"

☆当点到"王福生"时，大家不约而同地转头看着一个空座位。萧涧秋问级长："他请假了吗？"级长站起来答到："没有，他经常迟到。"

　　校园外，一个学生模样的孩子正在往学校跑。只见他穿着一身蓝色的长袍，腋下夹着书本，手里拿着一双布鞋，脚下跑得飞快。很快他到了学校大门口。只见他把脚上穿着的露趾的鞋脱下来放到一边，然后又将手中的那双相对好一些的旧布鞋穿上，然后一路飞跑，来到了萧涧秋任课的班级门口。由于迟到了，看到老师正在给同学们上课，他站在教室门口，没敢进来。正在黑板上写字的萧涧秋看到门口有个身影站在那里，这时级长对他说道："老师，这就是王富生。"萧涧秋看着王富生说道："你进来吧。"王富生这才推开门，轻轻地走了进来。看着站在讲台上的萧涧秋，王富生给他鞠躬行礼。萧涧秋望着神色匆匆的王富生问道："你为什么迟到了？"王富生听了萧涧秋的问话，没有吱声，只是默默地低下了头。

☆王福生来晚了，不敢进教室。萧涧秋回头发现了他，说："你进来吧！家离这儿远吗？为什么迟到？"

　　"你家离这儿远吗？"萧涧秋看着王富生只是一个劲地

低着头，却不说话，便又问了他一句。可能是这个问题比较好回答吧，一直默不作声的王富生这才抬起头，看着萧涧秋回答道："有三里多路。"三里路不远啊，这对于农村的孩子来说，走路有半个小时，最多一个小时也到了。可这个王富生为什么还迟到呢？莫非是他睡懒觉起不来床？这样想着，萧涧秋便又问王富生道："那你每天都什么时候起床呢？"面对萧涧秋的这个问题，王富生倒也没有逃避，他依然左腋下夹着课本，左手托着，右手扶着，看着萧涧秋说道："天还没亮就起来了。"萧涧秋听了王富生的回答，很是纳闷。天不亮就起床，学校离家也就三里多路，却迟到了，这怎么也说不过去呀。萧涧秋便又问王富生："那你为什么迟到呢？是到哪儿去玩了吗？"听了老师的问题，王富生没有说话，又埋下了头。"你为什么不说话呢？"萧涧秋看着一言不发的王富生问道。王富生摇了摇头，用右手擦着眼泪没有回答。

看到王富生突然流泪了，萧涧秋突然有些不好意思，感觉自己好像有些做错了什么，心想，王富生肯定是有他的难处，所以他不想说，自己又何必非要逼他呢。也许过些时日，和他熟识了，他就会告诉自己的。这样想着，萧涧秋便从讲台上走下来，轻轻地捉着王富生的胳膊说："好了，别哭了，以后不要再迟到了，你去坐吧。"王富生擦了擦头上的汗水和脸上的泪水，心怀感激地冲萧涧秋鞠了个躬，然后回到了自己的座位上。萧涧秋虽然第一次见到王富生这个学生，但从他的长相和性格上看，他不是个调皮贪玩的孩子。相信他今天的迟到，肯定也是有原因的，既然他不想说，就肯定有苦衷……萧涧继续给大家上课。

一天，陶母正在家里打扫卫生，突然钱正兴拎着一提点心之类的走进了客厅。"你怎么来啦？"陶母一边朝钱正兴打招呼，一边向他走去。钱正兴将点心放到桌子上，对陶母说："这是家父从杭州带回来的，就算我孝敬伯母的一点儿小意思吧。""不敢当，不敢当，你们留着自己吃吧。"

☆王福生说他家离学校有三里路，每天天不亮就起床。萧涧秋又问："那你怎么还迟到呢？你在哪儿玩了吗？"王福生摇摇头，擦着眼泪没有回答。

☆萧涧秋语气温和地说："以后不要再迟到了，去坐吧。"王福生擦了擦头上的汗水走到座位上。

陶母一边嘴上推辞，一边将桌上的点心推到钱正兴身边。"您千万不要见外!"钱正兴边说边把点心又推了过来。盛情难却，陶母只好收下。然后陶母告诉钱正兴，陶岚没在家，去给萧涧秋还书去了。钱正兴听了支支吾吾应了几声。

　　此时，陶岚正在去学校的路上，她要给萧涧秋还那本和哲学有关的书。她今天格外精神，上身穿一件浅粉格的小褂，围一条红色的又长又宽的围巾，下边穿一条黑色齐脚的长裙。到了学校，远远地陶岚就看到萧涧秋正在和学生们打篮球。大家玩得好不开心，人群随着篮球跑来跑去，欢笑、喧闹、嬉戏声连成一片。只见萧涧秋和学生们在一起，显得更年轻，更有活力，他一会儿带球跨步，一会儿投篮，一会儿断位，一会儿抢球，身手很是矫健。学生们也和萧涧秋打成了一片，已经远没了刚开始的生疏感。在课堂上，萧涧秋是老师，是传授大家知识的尊师；课下，

☆一天课后，萧涧秋正在和同学们打篮球。人群随着篮球跑来跑去，欢笑。喧闹声连成一片。这时，陶岚拿着那本关于哲学的书走进学校。

萧涧秋是大家的朋友，是大哥哥，是好伙伴。此时，大家围着球，你追我赶，很是热闹。陶岚手里拿着书，和其他年级的同学看着他们在尽情地玩着篮球。

突然，一个同学在运球时失误，球被另一个同学从手里给打掉了，篮球飞出了界外，滚到了正在津津有味地看他们打篮球的陶岚脚下。陶岚此时也不含糊，断然忘了自己是个姑娘家，是来还书的，只见她弯腰用一只手抱住篮球，一下子勾了起来。然后身子向后一仰，胳膊一轮，把篮球给他们扔了进去。她这个扔球的动作是那么的娴熟，姿势是那么的优美。火红的围巾在空中仿佛一面迎风招展的鲜红旗帜，让人鼓舞，让人振奋。可别忘了，陶岚上学的时候可是出了名的积极分子。她不但热衷于参加学校的各种社团，参与各种演出，她还是学校女子篮球队的主力哟。所以说，刚才看着萧涧秋和学生们在操场上开心地驰骋，让陶岚很是向往。她好想也跟他们一起飞奔、跳跃、欢呼。所以刚才那个飞出界外的球，正好让她又感受了一把当年的自己。

☆突然，篮球飞出界外，滚到陶岚脚下，她捡起球来，扔了进去。

陶岚扔进场内的球，正好被萧涧秋接住了。萧涧秋见是陶岚来了，连忙将球扔给了别人，然后穿上外套，和陶岚一起走出了球场。同学们看着他俩走了，便又继续打起了篮球。萧涧秋没想到陶岚此时会来，本来他和学生们说好了教他们正确的三步上篮，还有运球等打篮球的一些技法，看来这次由于陶岚的到来，又要失信于同学们了。现在萧涧秋已经和他的学生们都熟悉了，也都成了好朋友。无论是不爱说话的还是上课调皮捣蛋的，他都能跟他们说到一块儿。他通过多种方式与同学们交流，爱玩的同学，萧涧秋就和他们互相交流玩什么、怎么玩；不爱说话、文静的同学，萧涧秋多给他们讲讲自己以前上学的事，引导他们与自己交流。久而久之，大家都慢慢地认可了萧涧秋，也都接受了他。所以他现在很受同学和老师们的欢迎。

☆萧涧秋接到球，见是陶岚来了，把球扔给别人，两人一齐走出球场。

初春的芙蓉镇，绿意浓浓，生机盎然，到处都是春天的色彩。萧涧秋和陶岚两人在含苞待放的桃李树中穿行，

那粉红的花骨朵儿看上去那么迷人，仿佛是一颗颗散发着诱人清香的美丽的粉红宝石，令人赏心悦目。陶岚望着正在整理衣衫的萧涧秋，看着他脸上的汗水和洋溢着的灿烂笑容，便对萧涧秋说道："看你和他们在一起玩得还真高兴，感觉你更年轻了好多。"萧涧秋一边扣外套的扣子，一边对陶岚说："和这些天真纯洁的孩子们在一起，使我感觉非常愉快。"对于萧涧秋来说，学成后的多年走南闯北的经历，并没有带给他什么快乐与开心，有的只是见识和阅历，还有就是对国家和民族前途的迷茫与无奈。所以今天他能和孩子们玩得这么开心，也是他内心压抑了太久的一次施放。此时他感觉，陶慕侃说的没错，当老师，可以将自己的所学所知毫无保留地教授给孩子们，可以从思想上、根本上让他们有某种意识。这一点，也是他所希望看到的。听了萧涧秋的话，陶岚笑着说："除此之外，就再没有使你愉快的吗？"

　　萧涧秋怕陶岚理解错了，忙说道："那倒不是，我在芙蓉镇所遇到的一切都很顺利，这里给我一种平安而且质朴的感觉。"萧涧秋之所以这样说，是因为他走南闯北这么多年，几乎走遍了大半个中国，但他的真正目的、理想却遥不可及，甚至可以说是根本没有看到一点希望，他一路上所遇到的，也与他当初所思所想大相径庭。自己的愿望、自己的理想没有实现，这自然是很大的挫折了。而现在萧涧秋在芙蓉镇，却得到了陶慕侃校长的赏识、得到了芙蓉镇中学同学们的信任还有老师们的支持。看着天真、单纯的同学们，自己每天和这样一群天真无邪的孩子在一起，这一切对于一个曾经在外风雨漂泊多年的人来说，难道不是一种平淡中的幸福么？所以他此时才感慨地说出了"我在芙蓉镇所遇到的一切都很顺利，这里给我一种平安而且质朴的感觉。"这句话。陶岚听了却并不完全赞同，她摇了摇头说道："这可不尽然，质朴里边藏着奸刁，平安的下面伏着纷扰。

☆他们在含苞待放的桃李树中穿行。萧涧秋兴奋地说:"和天真的孩子们在一起,使我感到非常愉快。"陶岚笑着说:"除此之外,就再没有使你愉快的吗?

☆萧涧秋忙说:"那倒不是。我在这遇到的一切都很顺利,这里给我一种平安而质朴的感觉。"陶岚却摇了摇头说:"质朴的里面藏着奸刁,平安的下面伏着纷扰。"

　　陶岚的这句话，让萧涧秋很是意外。他惊奇地看了陶岚一眼，迷惑地望着她，面带微笑地说："怎么，你谈起哲学来了？"听萧涧秋这么一说，陶岚不自觉地笑了。自己在萧涧秋面前谈哲学，这不是班门弄斧么？别忘了自己是来向人家还书的，还的就是一本和哲学有关的书。自己接触哲学才几天，与哲学有关的书才刚读一本，自己就开始现学现卖了……想想这些，陶岚笑得更灿烂，就像在春风里盛开的桃花般娇艳。这时，萧涧秋表情略显凝重地对陶岚说道："也许我这几年走南闯北，四处游走，奔波的有些厌倦了。现在乍一到乡镇，有一阵清新的感觉。"一边说，萧涧秋一边望着这四周含苞欲放的花蕾，尽情地感受着它们的芬芳。陶岚望着天空深情地说："我羡慕你东奔西跑的自由，就像笼子里的小鸟，羡慕大雁一样。"是啊，萧涧秋多年在外漂泊，缺少的就是家的感觉。而陶岚一直待在家中，从来没有走出去过。所心她此时有这样的感受也是能够理解的。

☆萧涧秋惊奇地看了她一眼，迷惑地说："你谈起哲学来了？"陶岚望着天空深情地说："我羡慕你有东奔西跑的自由，像笼中的小鸟羡慕大雁一样。"

— 87 —

萧涧秋明白陶岚的心思，知道她在想什么，特别是听了陶岚说，羡慕自己东奔西跑的自由，就像笼子里的小鸟羡慕大雁一样，这句话，让萧涧秋感觉有些苦笑不得。他自己内心的苦楚，又是谁所知道的呢？他苦笑着对陶岚说："我不是大雁。"陶岚听了很是疑惑，在她的眼里，一个人能够随心所欲地四处奔走，这该是一件多么幸福的事情呀。可为什么萧涧秋却说自己不是大雁呢？难道是他有什么苦衷么？萧涧秋转过身，手扶着旁边的一棵枯枝，默默地说道："我只是一只孤雁。"听了他的话，陶岚有些不解，她慢慢地走向前去。萧涧秋看着走过来的陶岚，又补充似的说道："我的意思是说，孤雁常常离群，我就像孤雁那样不能入群。"陶岚默默地看着萧涧秋，问道："你为什么要解释呢？"萧涧秋被陶岚的这句话问住了，他不知道自己究竟为什么要这样说，他一时无言以对，只是告诉陶岚："这不是解释！"两人就这样默默地在树林里走着。

今天的陶岚在春光和美景的映衬下显得格外端庄、美丽。她将又长又宽的红色围巾当披肩一般披在肩上，脚上穿着一双黑色的皮鞋，看上去很是成熟。萧涧秋倒显得有些略微的土气，刚才打完篮球，脚下还穿着篮球鞋，上边是中山装的外套，不过看上去也算得体。两人静静地在林中慢慢地走着，谁也不说话，彼此心里却都惦记着对方。暖暖的春光洒在身上，照得人很是舒服。春风也是真正的春风了，不再像前些天那么的凛冽与寒冷，拂过脸庞、吹过额头，夹杂着春天柔软的气息。不知不觉，两人就回到了学校，来到了萧涧秋住的地方。长长的走廊里空无一人，显得格外的安静。萧涧秋步伐敏捷地迈上了台阶，但陶岚走到楼梯口时却停住了脚步，她将那要还给萧涧秋的与哲学有关的书递给他，并对他说："我不上去了，请你再借一本关于教育的书给我。"萧涧秋接过书，答应了她，然后快步走向楼梯。陶岚在楼梯下边等他。

萧涧秋刚爬楼梯爬到一半儿，感觉有些不对劲，便又

☆萧涧秋苦笑着说："我只是一只孤雁！"稍停，他又补充道："我是说像孤雁那样不能入群。"陶岚说："你为什么要解释呢？"萧涧秋一时无言以对，两人默默地在树林中走着。

☆走到楼梯口时，陶岚将那本哲学书还给萧涧秋，说："我不进去了，请你借一本关于教育的书给我。"

停下脚步，转回身来看着陶岚，满脸疑惑地问道："你要看教育类的书做什么？"陶岚听了萧涧秋的问话也感到惊讶，心想，难道他不知道自己也想当老师？这样想着，陶岚便走上台阶，爬在楼梯的栏杆上看着满腹狐疑的萧涧秋说道："难道哥哥没告诉你吗？""没有啊！"听她这么一说，萧涧秋更是一头雾水，看来陶慕侃是有什么事情瞒着自己，要么就是他太忙，忘了跟自己说了。陶岚看萧涧秋真是不知道，便告诉他："以后，我也要到学校里教课了。""哦。"萧涧秋听了这个消息，有些怀疑，但更多的是一种感动。陶岚说："在这之前，我哥哥说让我担任一点课，我说我是在家休养的。现在，他不要我教，我倒偏要教。呵呵，哥哥拿我也没办法。"一边说，陶岚自己一边开心地笑。"好，我马上给你找去。"陶岚要教课的这个消息，使萧涧秋孤单的心得到了极大的抚慰。他快步上楼，从书堆里挑出一本《教育学》拿下来给了陶岚，然后目送陶岚离开了学校。

☆萧涧秋从房里抽出一本《教育学》，递给陶岚问："你要看它做什么？"陶岚告诉他，她也要到学校教课了。这消息，使萧涧秋孤单的心得到极大的抚慰。

第六章

采莲上学

一天晚上，萧涧秋带了一些桔子，去看望文嫂一家。在昏黄的煤油灯下，文嫂一边补着衣服，一边怀里抱着儿子哄他睡觉。萧涧秋一边给采莲剥桔子，一边教她认字。采莲很懂事，她接过萧涧秋剥好的桔子，非要塞到萧涧秋口中，让他吃。萧涧秋连连退却不吃。"萧伯伯，你吃!"采莲是下了决心了，萧涧秋看推辞不过，只好答应，接过桔子，放入了口中。采莲看到萧涧秋把桔子吃了，开心地笑了。萧涧秋跟文嫂说："采莲也不小了，到了上学的时候

☆一天晚上，萧涧秋带了些桔子，去看望文嫂一家。他和文嫂商量，让采莲到芙蓉镇中学的小学部去上学。

— 93 —

了，镇上像她这么大的孩子都已经上学了。从明天开始，就让采莲去上学吧。"文嫂听了忙说道："萧先生，不用您操心了，孩子还小，等大些了再说吧，不着急。"其实文嫂知道采莲该上学了，可是家里没钱，拿什么让她去上呀，所以萧涧秋说让采莲上学，文嫂便连忙推辞。萧涧秋知道文嫂担心什么，他说道："孩子上学的费用你不用管了，我负责，明天我在西村桥头接采莲。"文嫂拗不过萧涧秋，只好答应了。一听说自己可以去上学了，采莲高兴坏了，文嫂听着女儿爽朗的笑声，心里很高兴。她看着萧涧秋说道："像萧先生这样的人，怎么连个家都还没有呢？"萧涧秋听了自我安慰地说道："呵，有家反倒不自由了。"

文嫂打抱不平般关切地说："像萧先生这样的好人，应当有个好的家庭。"萧涧秋一边梳理着采莲凌乱的头发一边说道："我从小失去了父母，多少年来一个人也就习惯了。也许将来会有的吧！"萧涧秋边说边笑了笑。文嫂的儿子睡着了，文嫂将他放到了床上。这时萧涧秋看采莲好像对桔子余犹未尽，便问她："你还想吃吗？"采莲看了看妈妈，没有说话。萧涧秋明白了，采莲是在征求妈妈的同意。萧涧秋便对采莲说："来，我给你再剥一个。"这时文嫂忙说："不，萧先生，别再给她吃了。"然后文嫂手指着采莲笑着说："她是没个够的。"文嫂将剩余的桔子重新放到袋子里，让萧涧秋带回去。萧涧秋忙说："我就是给孩子们买的，留着给孩子们吃。"然后萧涧秋站起来，抚摸着采莲的头，看着文嫂说："天不早了，我该回去了。"临走他又交代道："孩子上学的事就这么定，明天让她去。"文嫂不好意思地说道："又给你添麻烦了。""没有什么。"说完萧涧秋离开了文嫂家。

第二天，春意盎然，大地一片生机。粉红的桃花开满了枝头，吸引了勤劳的蜜蜂来收获甜蜜。春风吹过，桃花的芬芳在空气中弥漫，沁人心脾。远处山顶上的宝塔，像一个赤诚的老人，一年四季站立在山顶上，见证着春夏秋

☆文嫂关切地说:"像萧先生这样的好人,应当有个好的家庭。"萧涧秋
　说:"我从小失去了父母,多少年一个人习惯了,也许将来会有吧!"

☆第二天一早,春意盎然。萧涧秋迈着轻快的步子,来到西村桥头,
　接采莲上学。

冬的轮回交替。漫山遍野的浓绿，将春天点缀得更加温暖与惬意。无忧无虑的鸭子们，尽情地在水中嬉戏，像飘在水面的白色天使，让河流多了份灵动的气息。岸边柔嫩的柳枝，在春风中舒展着腰肢，不知是想让大家领略她婀娜的舞姿还是欣赏她优美的身体。这又是阳光明媚的一天，萧涧秋早早就起床了，洗漱完毕，急急忙忙地吃过一口早饭，就迈着轻快有力的步子，来到了西村的桥头，来接采莲去上学。萧涧秋一直想帮李志豪的家人做些什么，自从第一次从文嫂家破旧的房屋中出来，他就下定决心要帮她们一把。可他不知道从哪儿下手，如何去帮。当他知道采莲还没上学时，便决定就从这儿帮起。采莲已经到了入学的年龄，但由于家庭条件不允许，没钱交学费，所以文嫂没有送她上学。而此时，作为一名老师的萧涧秋，认为自己去帮助采莲上学是理所当然的。当然，他也相信这样的方式文嫂不会拒绝。

"萧伯伯。"远远的就听到了采莲的叫声，文嫂高兴地带着采莲过来了。采莲今天穿得很干净，背着一个大书包，长长的头发梳起了粗粗的辫子。萧涧秋看到采莲，激动地将她抱起来，高高地举起，然后又轻轻地放下。文嫂蹲在采莲面前，双手抓着采莲的胳膊，对她说："采莲，你要听萧伯伯的话。好好念书，记得吗?""记得!"懂事的采莲使劲地点了点头。文嫂打心眼里感激萧涧秋，如果没有他，她真不知道自己现在会是怎么样，孩子们又会是什么样。她以前从来没有听丈夫提起过萧涧秋，但此时，在自己一无所有的时候，却是这个人帮助了自己。这让文嫂的心里得到了巨大的安慰和鼓舞，就像是在漆黑的夜里行走，突然有人给你撑起了一盏灯，不但照亮了你脚下的路，更是温暖了你那颗冰冷的心。文嫂知道萧涧秋是个好人，自己也没有什么可以报答他的，他也是不需要报答的。可是文嫂总感觉自己心里过意不去，但是目前自己的境况，如果不接收萧涧秋的帮助，不但是自己受苦，孩子们也会遭罪

的。她对萧涧秋，更多的是无声的感激。

☆文嫂高兴地领着采莲走过来，反复叮嘱她要听萧伯伯的话，好好念书。

　　"采莲，我们走吧！"萧涧秋从文嫂面前将采莲拉过来，一下子就抱了起来。采莲被萧涧秋抱在怀里，她天真地问萧涧秋道："萧伯伯，学校里有桔子树吗？"稍顿了一下，采莲接着道："妈妈说有的。"萧涧秋看了看文嫂，他已经明白了。他抱着采莲，高兴地对她说："学校里什么都有，一会儿你就看到了。""妈妈……"采莲看着妈妈，有些舍不得。萧涧秋便对文嫂说："你还是回去吧，你在这儿她是不肯走的。""好吧，那我先回去了"文嫂又对采莲说："你听萧伯伯的话，妈妈晚上接你。""嗯！"采莲点头答应着。临走，文嫂还在说："采莲，下来自个儿走，别让萧伯伯抱着啦。"听了妈妈的话，懂事的采莲对抱着她的萧涧秋说道："萧伯伯，让我自个儿下来走吧。""好嘞！"萧涧秋将采莲放下来。一边走，采莲一边问萧涧秋："萧伯伯，学校里有好玩的么？"萧涧秋看着可爱的小采莲，告诉她："学

校里可好玩啦，有大皮球、有风琴，还有许多小朋友做游戏，玩老鹰捉小鸡，我带你跟他们一块儿去玩，好吧！"

☆萧涧秋把采莲抱了起来，对她说："学校里可好玩呢，有大皮球，有风琴，还有许多小朋友做游戏……。"采莲开心地向妈妈挥挥手，和萧涧秋向学校走去。

上次和萧涧秋见面不久，陶岚就开始到学校教课了。原来她不想当老师的，可是她看到萧涧秋做了老师，并且看他和孩子们打成一片，过得很充实，还很开心，所以她现在也想当老师了。她也希望自己能和萧涧秋一样，从孩子们的身上，找到曾经的自己，找到真正的快乐的自己。她不知道，萧涧秋之所以感到很开心很快乐，那是因为他在这之前一直都走南闯北，四处漂泊。更重要的是他的志向和理想没有得以实现，所以这才让他对这个社会、这个世界有了另一种认识。而在芙蓉镇，脱离了奔波的疲劳，少了思想的烦忧，每天和这样一群天真无邪、单纯可爱的孩子们在一块，这自然让萧涧秋感到无比的快乐。但陶岚

是不同的，她没有经历过外边的世界，即便她当老师也是开心的，但她的开心，远远不同于萧涧秋的开心。这天早晨，她早早地就来到了学校，坐在教务室里聚精会神地备着课。此时，教务室里还有另外两个人，一个人方谋，正在认真地看着报纸。另一个自然就是钱正兴了，他一边嘴里哼着不成调的小曲，一边翻阅着教案，他还时不时看看正在全神贯注备课的陶岚。

☆陶岚已经开始到学校教课了。这天早晨，她坐在教务室里聚精会神地备着课。

　　这时陶慕侃校长推门进来了，刚进门他就边喊叫着边奔陶岚而去，"妹妹，你怎么不吃早点就来学校了？""我不饿！"陶岚继续备自己的课，头都没抬半下。"那怎么行呢，不吃早点，你怎么能够支持到中午呢？"陶慕侃还是生气陶岚不吃早点。一听说陶岚没吃早点，钱正兴乐了，他大献殷勤的机会来了。"我这儿有糖。"钱正兴一边说，一边从抽屉里抓起一把糖，向陶岚和陶慕侃走去。"不用，不用，

你留着吃吧……"陶慕侃有些不好意思地对钱正兴说。他知道自己这个妹妹讨厌钱正兴，所以担心钱正兴自讨没趣，不过钱正兴还是走过来了。他一边往过走，一边说："不，不，我这儿还有呢。这是家父从杭州回来的，是当地有名的特产，可好吃了。你吃一点儿吧！"钱正兴说着，把糖放到了陶岚的桌子上。"谢谢你，我不吃。"陶岚毫不犹豫地拒绝了钱正兴的好意。钱正兴热脸贴了个冷屁股，灰溜溜地回到自己的位置上去了。倒是陶慕侃不想让钱正兴下不来台，便对陶岚说："既然钱先生送来了，你就吃一点儿吧。""我不吃嘛！"陶岚的嗓门很大，已经回到座位上的钱正兴听了，心里很不是滋味。看自己也拿妹妹没办法，陶慕侃只好对她说："随你的便吧。"倒是方谋，一直坐在位子上看热闹，这时突然呵呵地笑了起来。只听他说道："陶

☆陶校长一进门就责备她不该不吃早点就来学校。钱正兴趁机拿出一盒糖送到陶岚桌上："这是家父从杭州带回来的。"陶岚婉转地拒绝说："谢谢你，我不吃。"

岚老师是备课心切呀，已经到了废寝忘食的程度了。""她就是这个脾气！"陶慕侃指着陶岚说道。

正在这时，萧涧秋领着采莲进来，屋里的僵局被打破。萧涧秋指着陶慕侃对跟在身后的采莲说道："这是陶校长。"懂事的采莲背着大书包，摇摇晃晃地进来了。她对着陶校长说道："陶校长好！""噢，来啦。"陶慕侃看着采莲，用手摸了摸采莲的脸蛋。"这是方老师！"萧涧秋又指着方谋对采莲说道，"方老师好！"采莲开心地跟方谋打着招呼，方谋忙从座位上"好，好！"的应着。"这是钱老师！"萧涧秋又指着坐在椅子上的钱正兴对采莲说道。"钱老师好！"采莲略有些害羞地对钱正兴打着招呼。这时坐在座位上正在备课的陶岚看到萧涧秋拉着采莲进来了，忙从椅子上站起来，跑了过来。萧涧秋指着跑过来的陶岚对采莲说道："这是陶老师。""陶老师好！"采莲看着迎上来的陶岚甜甜

☆正在这时，萧涧秋领着采莲进来，屋里的僵局被打破。大家围拢着采莲问长问短。

地叫道。陶岚看着可爱的采莲，弯腰拉着她温柔的小手问道："小朋友，你叫什么名字呀？""李采莲。"采莲望着陶岚，很干脆地回答。看着可爱的采莲，大家围拢着问长问短。

陶岚越看采莲越可爱，开心地拉着她的小手，上下打量着她。然后拉着她的手对她说："采莲，跟我来。"带采莲来到了自己的座位旁，陶岚随手把桌上的糖塞给采莲几块，对她说："采莲，吃糖吧。"然后看了钱正兴一眼，接着对采莲说道："这是钱老师送给你的糖，可好吃了，快吃吧。"边说边将桌上的糖抓了一把放到了采莲的小手里。钱正兴不得不强装着笑脸说道："对，吃吧，快吃吧。"这时陶慕侃指着正在剥糖吃的采莲对萧涧秋说道："涧秋你看，这孩子眉目之间有点儿像志豪。""嗯，长得很像志豪，将来肯定有出息。"萧涧秋看着采莲说道。大家都围着采莲在

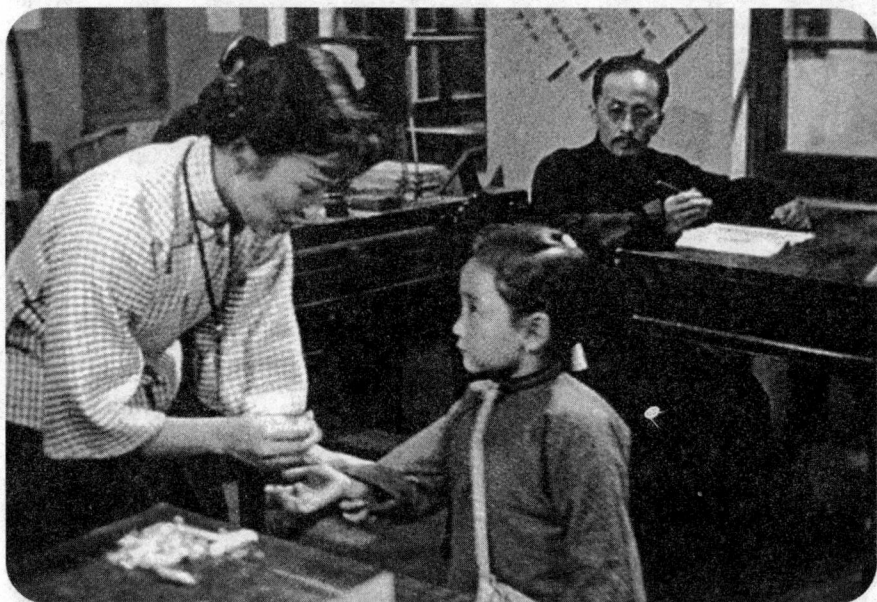

☆陶岚随手把桌上的糖塞给采莲几块说："吃糖吧，这是钱老师送给你的。"钱正兴不得不强装笑脸说："吃吧，吃吧。"

看，方谋听了陶慕侃的话，还上前弯腰细细瞅了瞅采莲，然后站起来对大家说道："噢，这孩子长得很漂亮嘛！你看这小脸蛋，再看这眉毛，还有这鼻子，再加上这樱桃小口，还有这下巴，这单独一个可能看上去也一般，但是这些组合到一起，简直是完美的……将来咱们芙蓉镇肯定又多了一只孔雀。呵呵……"

看大家都围着采莲问三问四，采莲都有些不好意思了，陶岚便跑过来替她解围。陶岚过来牵着采莲的小手说道："走，采莲，我带你玩去。"说着陶岚便拉着采莲向门外走去，一个大手牵着一只小手，很是和谐。快走到门口时，陶岚已经走出门外了，采莲却在门口处停住了脚步，她扭回头来，一手牵着陶岚，一只手伸开，看着萧涧秋喊道："萧伯伯，我让你也跟我们一起去。""噢！"萧涧秋看着采莲那可爱又幼小的小手，不忍心拒绝她。便答应了一声跟

☆陶岚拉着采莲的手往外走，采莲却伸出另一只手要萧涧秋一起去，于是他俩各拉着采莲的一只手走了。

　　了过来。于是陶岚和萧涧秋两人一人拉着采莲一只手走了出去。此时的钱正兴看着眼前这和谐又美好的一幕，呆坐在那里一动不动。钱正兴已经感觉到危机了，本来萧涧秋的到来已经令钱正兴危机感十足，此时，小采莲的出现，加速了陶岚与萧涧秋之间的情感，反而让钱正兴的机会又小了很多。他真不希望会是这样，如果真是这样的话，他可就一点希望也没有了，彻底绝望了。

　　一天晚上，萧涧秋将油灯点着，然后拿着油灯来到钢琴面前，将油灯放到架子上，然后拿出曲谱，坐在椅子上弹奏了起来。这时，在他停下来翻曲谱的间隙，好像听到了抽咽声，是谁在哭泣呢？正在萧涧秋纳闷的时候，陶慕侃推门而入，他生气地走到钢琴前对萧涧秋说道："涧秋，我妹妹随便乱说，真是难办，现在弄得我处处为难。"原来陶慕侃是跑来向萧涧秋诉苦的。说完陶慕侃便又深深地叹

☆一天，陶慕侃生气地走到钢琴前对萧涧秋说："我妹妹曾说，谁愿出三千元让她出国，她就跟这个人结婚。钱正兴愿意出这笔钱，母亲也答应了，可现在我妹妹又哭闹着不干了。"

了一口气，然后一屁股重重地坐在了椅子上。"唉，我妹妹她自己曾经随便说过，只要有人肯出钱，每年拿三千块钱，让她到国外跑三年，她回来之后就和这个人结婚。"这时说到激动处，陶慕侃从椅子上腾地一下子站了起来，走到萧涧秋面前说道："钱正兴本来就想娶我妹妹，他听到这个话之后，便跑来找我母亲，他向我母亲表示，他愿意出钱让我妹妹出国，不过条件要稍微修改一下，就是先结婚，后陪我妹妹出国，我母亲也答应了……"萧涧秋见也插不上话，便坐在那里仔细地聆听。陶慕侃接着说："好嘛，今天钱家派媒人来，商量订婚的日期，她就大吵大闹到现在。"

陶慕侃继续说："毕竟钱家在此地是有威望的士绅啊……人家都上门来提亲了，你说这可怎么是好？"想想钱家在芙蓉镇可是数一数二的士绅家族，向来说一不二，再

☆接着他犯愁地说："前天钱正兴向我母亲表示，同意花钱让妹妹出国，不过条件是先结婚，后陪她出国。母亲竟允许了，妹妹知道后大闹到现在。可钱家在此地是有威望的绅士……"

说这次也是陶岚先放出了这种话，人家钱正兴听说就来找
陶母说，陶母也答应了。人家钱家现在可是当真了，这不，
派人上门来提亲。而此时陶岚却又反悔了，这不是让人做
难么？现在正哭着闹着抗议呢。原来刚才的哭声就是陶岚
在哭泣，怪不得呢。此时，在陶岚的房间里，陶岚正躲在
床上哭泣，陶母坐在床边正在做工作："要到外国的事情，
当初也是你说的。""那我是说着玩儿的！你就当真了。"陶
岚边哭泣边说道。陶母听了，说道："你已经不小了，还这
么任性，终身大事，怎么能当儿戏呢。""就算我真的说了，
我也不能先嫁。"陶岚继续在辩解。陶母安慰道："先出去，
后出去，还不是一样。"听了母亲的话，陶岚很是不解，忿
忿地对母亲说："妈，您怎么能这么糊涂？"说完就又趴床
上哭了起来。

看陶岚一直哭闹个不停，陶母和陶慕侃也拿她没办法。
所以陶慕侃便到萧涧秋这儿来诉苦："现在却让我去办，这
虽然不是一件离婚的案子，可是实际上，比离婚还难。
唉……"边说陶慕侃边摊了摊双手，然后重重地叹了口气，
又不停地在屋子里来回踱起步来，样子很是为难。走着走
着，陶慕侃又停下脚步，扭回头对萧涧秋说道："钱正兴一
听到这个消息，就首先提出批评教育，这倒没有什么。可
是他的父亲，是芙蓉镇本地一个有名有地位的士绅，他很
爱面子的，他肯定是不会同意这么办的。"顿了顿，陶慕侃
又对萧涧秋说道："涧秋，你是个精明的人，你代我想想办
法……"萧涧秋听了陶慕侃的话，一时也不知如何是好，
便说道："那，只有拖延了，让对方冷淡下去。"听了萧涧
秋的话，陶慕侃叹了口气说道："唉，拖延，拖延，我倒是
同意拖延，可是我妹妹陶岚，她偏不拖延，你叫我如何是
好？"萧涧秋听了，笑着说道："那只好为难你做哥哥的
了。"陶慕侃听了不停地摇头，然后又开始在屋子里不停地
走动。陶慕侃这时说让萧涧秋帮他去劝劝妹妹，萧涧秋感
觉自己很为难，他对陶慕侃说道："那我说些什么呢？"说

完拿起琴谱想走，这时陶母也走了进来，略带歉意地对萧
涧秋说道："萧先生，让您见笑了。"然后看了看萧涧秋，
希望他能去劝劝陶岚。看推辞不过，于是萧涧秋被陶慕侃
推着走向陶岚的房间。

☆陶慕侃让萧涧秋帮他劝劝妹妹，萧涧秋为难地说："我说些什么呢？"拿
　起琴谱想走，这时陶母也走了进来，请他帮忙。于是萧涧秋被陶慕侃推
　着走向陶岚的房间。

　　"妹妹，萧先生来看你了。"陶慕侃一边推门而入，一
边口中叫道。陶岚正趴在床上委屈地哭着，此时听哥哥说
萧先生来了，连忙坐起来背过身去，然后拭了拭眼泪，整
理了一下头发。萧涧秋、陶慕侃和陶母三人一同进了陶岚
的房间，萧涧秋看了看陶母和陶慕侃，然后朝坐在床上的
陶岚走去。陶慕侃见萧涧秋朝妹妹走去了，便示意母亲一
同出去。萧涧秋其实现在也不知道如何劝说陶岚，不知道
自己该说些什么，特别是，他都不知道自己以什么身份来
劝说陶岚。以他对陶岚的了解，陶岚是个性格刚烈的女子，

如果这件事情非要按钱家的意思来办，也就是陶家答应钱家的婚事，那么以陶岚的性格，肯定会誓死不从。那么结局只有一种，那就是鱼死网破。当然，从陶慕侃的角度来说，他也希望妹妹过得好，过得开心，也不希望强迫她做任何事。但是现在让他为难的是，钱家已经将陶岚曾经的话当真，现在人家真上门来提亲了，陶岚不同意，钱家也不会轻易善罢甘休，他也不知道如何是好。

☆陶岚听哥哥说萧先生来了，忙坐起来背过身去，拭了拭眼泪，整理一下头发。陶慕侃示意母亲一同出去。

第七章

流言蜚语

此时萧涧秋望着坐在床上的陶岚，也不知道说什么好，就这样呆呆地坐在椅子上看着陶岚。陶岚和萧涧秋二人就这样静静地坐着，谁也不说一句话，过了片刻，还是陶岚转过头来看着坐在椅子上手足无措的萧涧秋问道："你每天还是那么早去接采莲上学么？""是的。"萧涧秋机械地答道。"人家都说你要认她做干女儿了……"陶岚面无表情地对萧涧秋说道。"谁说的？"萧涧秋听了陶岚的话，感觉一

☆萧涧秋不知说什么好。还是陶岚转过头来轻声说："你还去接采莲吗？人家都传说你要认她做干女儿……，我们这里的消息是传得很快的。"萧涧秋听后，捉摸不透这话中的含意。

头雾水，莫名其妙。陶岚看了萧涧秋一眼，欲言又止。然后淡淡地说了一句："那就别问了。""真的没有这回事！"萧涧秋有些不解，怎么有人会这么说呢？看萧涧秋不像是撒谎的样子，陶岚便对萧涧秋说道："萧先生，我们这儿的消息是传得很快的。""怎么了？"萧涧秋听了陶岚这句话，更是有些不懂了，嗖的一下就从椅子上站了起来，然后走向坐在床上的陶岚，他想搞个明白。陶岚看着萧涧秋，只是轻描淡写地说道："没什么。"萧涧秋有些迷惑，捉摸不透这话中的含意。

第二天早上，萧涧秋依然像平时那样早早就在西村桥头等采莲来接她上学。可是，左等不来，右等也不来，一直也没看到采莲的身影。这时，他看到一个人挑着一担柴从桥头走了下来，那个挑柴的人看到萧涧秋后停住脚步，将肩头上的柴担放了下来。萧涧秋疑惑地走了过去，"萧老

☆第二天早上，萧涧秋没接到采莲，却看见王福生挑着一担柴走下桥头。王福生这才告诉他迟到的原因："每天早上要到山上帮助爸爸砍柴，送到柴市上，然后才去上学。"

师……"那个人放下柴担后，一边朝萧涧秋鞠躬，一边喊到。"王富生？"萧涧秋一边看着这个人，一边惊讶地叫了出来。萧涧秋看着柴担重压之下的王富生，忙走上前去，看了看这担柴，又看了看站在旁边的王富生，他一边用手摸着这打好的柴火，一边好奇地问道："你每天都要这样做吗？""是的！"王富生憨厚地答道。"你们家里的生活都靠你么？"萧涧秋关心地问道。"不，有爸爸。因为学费没缴齐，所以我得帮助爸爸多做一点儿。"王富生认真地回答着。"哦……"萧涧秋仔细的审视着眼前的王富生，又问道："你爸爸呢？""他还在山上砍柴呢！"王富生一边说一边用手指了指远处的山上，"他怕我上学迟到，先让我把这担送到柴市去。""好，那你赶快去吧！"萧涧秋听了忙催促王富生。王富生听了萧涧秋的话，向他深深地鞠了一躬，然后挑起柴往柴市去了。

萧涧秋看着王富生弱小的身躯挑着如此的重担，心里满是感慨。怪不得王富生经常迟到，原来他是为了帮助爸爸挣钱给自己缴学费。自己当初还以为他是贪玩，看来真是错怪他了。想想这孩子也真是懂事，每天早上那么早就起床，然后再去上山砍柴，再挑到柴市，又去上学，真是辛苦。看来王富生是个懂事的学生，知道替家里分担忧愁……用目光送走王富生挑着柴担的身影，萧涧秋朝远处的路上望了望，还是没有采莲母子的影子，他不知道出什么事情了，便急匆匆地朝西村文嫂家走去。按照约定，每天都是这个时间文嫂都会准时将采莲送到这个桥头，然后自己再接上采莲去上学。虽然采莲上学的时间还不长，但还从来没有迟到过，今天这是怎么了呢？都这个时候了，怎么采莲母子还没出现呢？难道真的是家里出什么事情了？是小采莲生病了？还是小采莲的妈妈生病了呢？要不是就采莲的弟弟生病了？妈妈要照顾弟弟，所以没时间送她？一连串的疑问在萧涧秋的脑子里飞转，脚下的步伐也加快了许多。

很快，萧涧秋就来到了文嫂家，在院外，看到房间的

☆萧涧秋望着路上仍无采莲母女的影子，便急匆匆地来到西村文嫂家。

☆只见采莲满脸泪痕地站在桌边，手里攥着书包带，呆呆地看着妈妈。

门紧闭着，萧涧秋不知道发生了什么事。连忙推门进来了，一进屋子，就看到文嫂满脸泪痕的女儿采莲坐在桌子前。采莲泪流满面地站在桌边，一动不动，手里紧紧攥着书包带，呆呆地看着妈妈。文嫂看到门开了，进来的是萧涧秋，连忙转过了身子。小采莲看到萧涧秋进来了，很是激动和兴奋，"萧伯伯……"小采莲一边大声口中喊着，一边向萧涧秋跑了过去，采莲一下子就抱住了萧涧秋的腿。萧涧秋望着一家人，不知道这是怎么了。但是看目前的情况，不像是谁生病呀。文嫂看上去很健康，采莲也没事，采莲的弟弟也在床上自己一个人开心地玩着。那为什么采莲不去上学呢？萧涧秋很是疑惑。

萧涧秋忙拉着采莲的手问道："你怎么不去上学？"采莲没有说话。这时文嫂正在给儿子擦脸，她听到萧涧秋问采莲，忙接过话来略带抽咽着说道："萧先生，我不想再让

☆萧涧秋忙问："采莲怎么不上学啊？"文嫂说："萧先生，她不去上学了，家里阿宝没人照顾。"萧涧秋怀疑地说："她怎么能照顾阿宝呢？我看这不是理由。"

采莲上学了，家里阿宝没人照顾。""她这么小，怎么能照顾阿宝呢？"萧涧秋看了看紧紧抱着自己的采莲，跟文嫂说道，"我看这不是理由……"萧涧秋见文嫂默不作声，便弯下腰，问采莲道："采莲，是你自己不愿意去上学了么？"采莲听着萧涧秋的话，没有说话，只是用乞求的眼神看着妈妈。萧涧秋仿佛明白了什么，也直起了腰，看着文嫂，十分疑惑地问道："这究竟是怎么回事呀？"萧涧秋实在是有些不明白，好端端的，怎么突然就不让采莲去上学了。从刚才自己问采莲的情形看，采莲应当是很想去上学的，可能是文嫂不让去。萧涧秋的想法比较单纯，也很简单，他没有将陶岚说的所谓的"萧涧秋要收采莲做干女儿"的传言当回事儿，所以也没有往这块儿联想。

文嫂听了萧涧秋的提问，停下了给儿子阿宝擦脸的手，转过身来看着萧涧秋说道："萧先生，说实在的，每天让你来回跑，我们心里很不安啊！"萧涧秋听了如释重负，他用放松的语气说道："那有什么啊，我正好可以借此机会出来走一走，呼吸一下新鲜空气嘛！""不……"文嫂好像突然有些激动了，她本来以为自己这样说，萧涧秋会理解，然后很痛快地同意采莲不再上学。毕竟有些话，她不好意思说出来，也不想打击和伤害萧涧秋。毕竟萧涧秋是一个好人，他的初衷和出发点都是好的，都是为了让采莲早日接受教育。所以她听了萧涧秋的话，感觉他要不是没有听说外面的流言蜚语，要不就是假装不在乎。但文嫂不行，她不想因为这些闲言碎语影响到萧涧秋。所以文嫂忙说："我们不能够为了采莲，让你受累。"文嫂还是想通过这种委婉的方式来拒绝萧涧秋的好意，虽然文嫂也希望采莲去上学，但流言猛如虎啊，现在外界传的风言风语，都说她和萧涧秋怎么怎么一回事儿，文嫂不想就这样让别人误会萧涧秋，更不想影响到他。

萧涧秋听文嫂这样说，便说道："如果仅仅是因为这个，那我以后可以让一个大一些的同学在桥头等着她，那

☆文嫂竭力掩饰内心的痛苦，委婉地说："萧先生，每天让你来回地跑，我们心里不安啊。"

☆萧涧秋爽快地说："那以后我可以让一个大同学在桥头等她，他是顺路的。"说完拉起采莲就走了。文嫂去关门时看见几个邻居，冲着萧涧秋的背影指指点点地议论着什么。

个同学也正好顺路。"文嫂已经在收拾桌上吃过早饭的饭碗，听萧涧秋这样说，自己不知如何是好。这时，萧涧秋看着采莲说道："好，天不早了，采莲，我们去学校上学去。"说完萧涧秋就伸出手去拉采莲的手。"萧先生……"文嫂见此情形，忙放下手中的碗筷，想尽量地去阻拦。但是萧涧秋根本不听她的，已经帮采莲挎好书包，整理好衣服，往门外走去。门外的路边，文嫂的几个邻居正在冲着萧涧秋的背影指指点点地议论着什么。这一切都被走到门口去关门的文嫂看到了眼里。对此，萧涧秋好像没有一点儿感觉，自顾自地带着采莲到学校去了。文嫂的街坊们最近常看到萧涧秋到文嫂家来，文嫂的丈夫也已经去世，所以邻居们的流言蜚语也就来了。

文嫂看着门外路上指手划脚的邻居们，重重地关上门，然后倚着门痛苦地落起泪来。丈夫阵亡，剩下自己孤儿寡母的一家三口。家里的顶梁柱没了，地也都卖出去了，现在是吃了上顿没有下顿，幸亏萧涧秋仗义出手，帮她们一家渡过了难关。可是，现在倒好，萧涧秋对他们一家人的善意关照，却招来满街的流言蜚语，那些低俗恶毒的中伤，她如何向萧涧秋直言？悲愤、委屈、无奈……这所有的一切只好自己咽了……她不想萧涧秋受到如此不公平的待遇，他是一个彻彻底底的好人，已经多次帮助自己家了。现在又在帮助自己的女儿采莲，让她去上学。她感谢萧涧秋，打心眼里感激他，也希望自己一家人以后能有机会回报萧涧秋。可是，现在的流言蜚语，已经深深地打击了她。现在萧涧秋还没有感觉到这些谣言的厉害，所以她希望在萧涧秋觉察或是受到影响之前，让这些流言蜚语中止。那最好的方法就是自己不去再麻烦萧涧秋，采莲不再上学，甚至和萧涧秋断绝来往，这样，也许才会让别人无话可说。

萧涧秋拉着采莲的小手，走在去学校的路上。春风吹拂着河岸边的柳树，树枝在风中轻轻地飞舞。萧涧秋看着

☆文嫂倚着门痛苦地落起泪来。萧涧秋对他们一家人的善意关照，却招来满街的流言蜚语，那些低俗恶毒的中伤，她怎好向萧涧秋直言？悲愤、委屈、无奈只好自己咽了……

☆路上，萧涧秋问道："采莲，是你跟妈妈淘气了？"采莲说："不是。""那你妈妈为什么要哭呢？"

懂事的采莲问道："采莲，是不是你跟妈妈淘气了啊？"萧涧秋一直没搞明白为什么文嫂突然不让采莲上学了，他思前想后，感觉不是因为怕麻烦他接送的原因，可是那又是为什么呢？萧涧秋如何也想不明白，所以他希望从采莲口中能问出个所以然来。"没有。"采莲天真地答道。"那你妈妈为什么要哭呢？"萧涧秋更有些不理解了。既然采莲没有淘气，那文嫂为什么坚决不想让采莲上学呢？学费现在也是萧涧秋来承担，他又每天来接送，可以说是没有给文嫂增加负担呀。但是看文嫂的表情，还有说话的语气，特别是满脸的泪痕，这些都让萧涧秋很是疑惑，百思不得其解。他是真心希望能帮助文嫂一家人，毕竟自己和李志豪是同学，更重要的，李志豪还是在革命军中阵亡的。再说现在文嫂一家三口日子也确实不好过，所以他打心眼儿里想去帮助她们。

听着萧涧秋的问话，采莲结结巴巴地说道："今天早上我出去玩儿去了，一群小孩骂我，我回家告诉了妈妈，妈妈就哭了。"两人一边走一边说，萧涧秋有些疑惑，小孩子干吗要骂小采莲呢？他们骂她什么了呢？为何文嫂听说还哭了呢？带着这些疑问，萧涧秋接着问采莲："他们骂你什么啦？"天真的采莲望着萧涧秋说道："他们骂我有个野爸爸……"听了小采莲的回答，萧涧秋脑子"嗡"的一声，仿佛被雷击了一般。尽管萧涧秋对小采莲今天没能去上学已经有了心理准备，他也已经考虑到可能不是单单因为文嫂所说的怕麻烦自己。但是他万万没想到会是这个原因，也许这种流言蜚语对他来说，他可以坦然面对，甚至一笑而过。毕竟他是一个曾经走南闯北，如今从事教书育人工作的人，他懂得身正不怕影子斜的道理。可是文嫂不行，她只是个生活在社会底层的市井小民，这些恶语中伤，会让这个本来已经身心俱竭的女人崩溃……就这样，萧涧秋拉着采莲的小手，在路上痴痴地走着。懂事的采莲已经感觉到萧涧秋的异样，不停地深情地注视着萧涧秋。

☆采莲结结巴巴地说："早上我出去，那小孩骂我……说我有个……野爸爸。我回家告诉妈妈，她就哭了。"萧涧秋脑子"嗡"的一声，仿佛被雷击了一般。

　　阴雨连连的黄昏，乌云黑压压地笼罩在芙蓉镇上空，瞬时，倾盆大雨杂着三四级的大风来临了，柔嫩的柳树在风雨中无力地飘摇着……傍晚时分，夕阳已经彻底淹没在西山，暴风骤雨已经停了，接下来的是淅淅沥沥的小雨无休止地继续浇灌着已经湿润的大地。空气中充满了潮湿的气息，清新的有些让人不适应。此时的萧涧秋，站在芙蓉镇中学二楼的走廊上，他来回地转着身，不安地在走廊上徘徊着，脑子里不停地在思索，今后该怎么办呢？他真的没想到会是这样，自己只是想简单地帮助这个孤儿寡母的家庭。可是没想到却给文嫂带来了如此的流言蜚语，这是他万万不曾想到的。没想到萧涧秋本以为民风淳朴的芙蓉镇却也难逃世俗的侵扰，这让萧涧秋很是无奈。现在采莲

还小，她还不知道这些，也不懂这些流言蜚语是什么意思。可是文嫂不一样，她是一个大人，她虽然失去丈夫，但她的自尊还在，她的尊严没有失去……

☆阴雨绵绵的傍晚，萧涧秋无限惆怅。他来回转着身，不安地在走廊上徘徊着，今后该怎么办呢？

　　雨还在不大不小地下着，黄昏的景致仿佛一幅清新的水墨画。雨中，只见陶岚穿着浅格的小褂，披着一个红色的大披肩，撑着一顶浅褪色的油纸伞，在雨中慢慢走来。她来到芙蓉镇中学找萧涧秋，远远的，她就看到了在走廊上来回不停地踱步的萧涧秋。陶岚便站在院子里大声冲萧涧秋喊道："萧先生，我哥哥让我来请你到我们家去吃晚饭。""不用了，学校食堂马上就要开饭了。"萧涧秋站在走廊上对站在院子中的陶岚说道。陶岚听了，便望着楼上走廊站着的萧涧秋笑着说："那么，是不是让我先回去，让哥哥再来请你啊！"萧涧秋听了，双手扶着走廊的栏杆，不知如何是好，他看着楼下的陶岚，看样子是推辞不了，只好

走下楼去。此时萧涧秋的心情沉重，脑子里还是小采莲的那句话，还有文嫂满脸泪痕的模样。他实在是没心情去陶岚家吃饭，真的没有一点儿心情。可是看陶岚如此执著，话也说到了这份儿上，所以决定还是去吧。

☆这时，陶岚打着伞来找萧涧秋，见他在走廊上踱步，就喊："萧先生，我哥哥让我来请你到我家吃晚饭去！"萧涧秋推辞不了，只好走下楼。

　　陶岚和萧涧秋走在去陶家的路上，陶岚撑着一顶浅褪色的油纸伞，萧涧秋撑着一把黑色的帆布伞。两人就这样肩并肩地走在湿漉漉的青石板路上，光亮的青石板路上，有二人湿漉漉的身影，俨然一道别致的风景。小雨在无忧无虑地轻轻洒落，滴在伞上，滴在路上，透过薄薄的雨伞，滴在两个人的心中。一路上萧涧秋忧心忡忡，他脑子里依然在想着采莲上学的事，更让他头疼的是，那令人心烦的流言蜚语……陶岚好像也觉察到萧涧秋的不一样了，她不时地望着身边的萧涧秋。"你今天好像有什么心事。"陶岚忍不住问萧涧秋。"是么？"萧涧秋故作惊讶地说道，"我自

己倒是不觉得。""是因为钱正兴的事么?"陶岚一边低着头,一边问道。"我根本未注意他。"萧涧秋说道。"怎么?他辞职了?""钱正兴今天差人送来一封信给我哥哥,说他要辞掉中学教员的职务,原因嘛完全是由于我……"陶岚顿了顿又说道:"还关系到你。"

☆陶岚看他好像有心事,就问他是不是因为钱正兴的事。又说:"钱正兴今天差人给哥哥送来一封信,说他要辞去中学教员的职务,原因完全是由于我,也关系到你。"

一听陶岚这样说,萧涧秋便随口问道:"还关系到我?"陶岚听萧涧秋反问自己,看了萧涧秋一眼,低下了头,边走边说道:"可是哥哥嘱咐不让我告诉你……"停了一下,陶岚接着说:"我本来答应哥哥不会告诉你,可是,我还得告诉你。"然后陶岚有些不好意思地说:"钱正兴在信上说我已经爱上你了,他又说你是个完全不知道'爱'的人。他还说,最不该他的家庭有地位,还有钱,要是他也穷得和你一样,我就会爱上他。"萧涧秋听了更

— 124 —

加迷茫和困惑了，这真是一波未平，一波又起。现在他的
脑子很乱，没想到自己原本是由于在外奔波多年，始终没
有找到奋斗的方向和目标，本想借陶慕侃的邀请，在芙蓉
镇做一名中学教员，一边让自己这么多年走南闯北疲惫的
身躯和劳累的心能有一个港湾停靠，一边是想通过当老
师，来体现自己的价值，来传播自己的学识，来影响更多
的人。可是现在，事与愿违，文嫂一家由于自己的出现而
被街坊的流言蜚语所中伤；陶岚的生活也由于自己的出现
而在慢慢发生改变。

☆萧涧秋随口问道："关系到我？"陶岚说："哥哥嘱咐我不让我告诉你。钱
　正兴在信上说我已经爱上你了，他又说你是个完全不知道'爱'的人。"
　这真是一波未平一波又起。

　　看着身边一筹莫展的萧涧秋，陶岚关切地拉着他的胳
膊说道："我求你了，无论如何千万不要烦恼。"萧涧秋听
了陶岚的话，过了片刻后握住陶岚的手说道："我恐怕在芙
蓉镇住不长了。""你别这么说。"陶岚听说萧涧秋说在芙蓉

镇要住不长了，很是惋惜。她略带抽咽地说道："都是我不好，哥哥再三交代我千万不要跟你说，可是，不知道怎么的，在你面前，就像在上帝面前一样一点儿也不能隐瞒。我知道说了你会烦恼，可是，这又有什么办法？"说完陶岚便低头轻轻地哭泣了。萧涧秋看着伤心的陶岚说道："你放心吧，对于钱正兴，我并不介意。"听萧涧秋这样说，陶岚装作如释重负的样子说道："那就好。"陶岚原本不想告诉萧涧秋这么多，可是在萧涧秋面前，原本强大的陶岚反正变得那么脆弱。好像萧涧秋就是陶岚的倚靠，她无法对他撒谎，更无法隐瞒一切，所以陶岚尽管知道说了这些，可能只会让两人空填烦恼……就这样，两人边走边说地进了陶家大门。

☆萧涧秋苦笑了一下，握住陶岚的手说："我恐怕在芙蓉镇住不长了。"陶岚急得快哭出来了："我求你无论如何不要烦恼。"两人边走边说地进了陶家大门。

陶家的晚饭已经做好了，等陶岚和萧涧秋回来就开始吃饭了。陶慕侃、陶岚和萧涧秋三个人坐在桌前，一边吃饭，一边喝酒。陶岚是不饮酒的，她静静地坐在桌子边，一边默默地吃着米饭，一边看着萧涧秋不停地喝酒，心里充满了无限的关爱。萧涧秋心情有些不好，满脑子都是一些乱七八糟的烦恼事，特别是采莲上学的事，还有今天陶岚跟他说的话。原来他没想那么多，他从来没想过爱不爱陶岚这个问题，但今天陶岚的话，分明已经透露出来了，陶岚对他是有好感的，因为这连钱正兴都看出来。可是现在，自己有资格谈情说爱么？没有，自己本身都安顿不好，如何有资格谈恋爱呢？看着萧涧秋已经接连喝了好几杯，他还在向自己要酒喝，陶慕侃惊奇地冲着萧涧秋说道："哎，涧秋，你的酒量不小哇！你看，你的脸上还一点儿也

☆陶慕侃、萧涧秋、陶岚三人分别坐在饭桌的三面。吃饭时，萧涧秋满腹心事地一连喝了三杯，似乎还没尽兴又向陶校长递过杯去，说："请你再给我一杯。"

没有什么呢。你以前都骗了我，来来，今天晚上，我们尽兴地喝一喝，把小杯子换成大杯子。"

陶慕侃边说边将自己和萧涧秋面前的小酒杯拿走了，很快换上了两个大的酒杯子，口中还说道："人生有酒须当醉，莫使金樽空对月……来，我给你满上！"边说陶慕侃便将刚取过来的两个大的酒杯倒满了白酒。陶岚看萧涧秋已经喝了不少了，可哥哥还在给他倒酒，陶岚担心他喝多了，便忙停下吃饭，对正在倒酒的陶慕侃说道："哥哥，他是不会喝酒的，他这是在麻醉自己！"陶慕侃却并不在意，反而一边倒酒一边说道："对，麻醉。'何以解忧？唯有杜康'，来！"说完，陶慕侃就端起了刚倒满的酒杯和萧涧秋一饮而尽。陶慕侃虽然和萧涧秋平时喝酒不是很多，但也知道他不怎么喝酒，酒量自然也是比较小的。今天难得看到萧涧秋如此痛快，所以便想换成大杯，这样更痛快，更过瘾。

☆陶慕侃高兴地说："今晚尽兴，换大杯喝！"陶岚焦急地喊到："哥哥，他不会喝酒，他这是在麻醉自己！"陶慕侃却未介意，又念了两句诗："何以解忧？惟有杜康。"

而陶岚知道萧涧秋这是为了麻醉自己，完全是一个变相的
发泄和逃避方式，想通过酒精的麻醉让自己在心灵上得到
所谓的解脱。

　　陶岚听哥哥这样说，很是委屈地说道："哥哥……"萧
涧秋已经看出陶岚对他的关心，也已经感觉到了陶岚对他
的那份关怀。他端着酒杯，笑着对陶岚说："岚，你放心
吧，我不会把酒当药喝的。"稍顿了下，萧涧秋说道："我
为什么要麻醉自己呢？我只是想让自己振奋些，勇敢一
些……""对，来！"陶慕侃听萧涧秋这样说，便应和了一
句，然后两人共同举杯，萧涧秋利索地一饮而尽。萧涧秋
不想说什么，他只想通过杯中的酒来稀释自己的烦恼与愤
恨。饭后，萧涧秋又坐在了钢琴前，他努力平伏着自己的
情绪，通过双手频繁的摁动键盘，弹奏出不同的音节，来
发泄内心的那份愤怒。陶岚不忍心萧涧秋这样难受，她知

☆萧涧秋看着陶岚说："岚，你放心，我不会以酒当药喝，我为什么要麻醉
　自己呢？我只是想让自己振奋一些，勇敢一些。"说罢他举起大杯一饮而
　尽。

道萧涧秋今天酒喝了不少，他想通过钢琴来让自己安静下来。陶岚端了一盘水果过来了，然后站在旁边，静静地聆听着那激情澎湃的乐曲。此时，陶岚已经深深地走进了萧涧秋的内心深处，她在静静地感知着他。

面对芙蓉镇部分市井小民的鄙夷目光和恶语中伤，萧涧秋努力让自己的心态趋于平和。他通过各种各样的方式来进行宣泄，在钢琴前感受音乐的魅力与神妙，让悠扬的旋律来平伏自己内心的那种愤懑。萧涧秋一如既往地坚持到西村桥头等待文嫂送采莲过来，然后他再接采莲去上学。初春的阳光是如此的明媚，初春的和风是如此的温暖，萧涧秋走在这阳光明媚、和风送暖的春天，感到无比的惬意。萧涧秋努力让自己更加振奋、更加勇敢地面对周围的流言蜚语和明枪暗箭，他要让自己更坚强。陶岚也大胆地支持

☆萧涧秋努力让自己更振奋、更勇敢地面对周围的流言蜚语和明枪暗箭，陶岚也大胆地支持他的行动。他们不理会别人的脸色，经常兴高采烈地参与学生们的体育活动。

萧涧秋的行动，默默地全力以赴配合着他。陶岚也希望萧涧秋能走出流言蜚语对萧涧秋的中伤，让他能忽略一切对他不利的环境因素，她也希望他能更坚强。说白了，陶岚希望萧涧秋不要离开芙蓉镇，不要离开她。萧涧秋和陶岚不理会别人的脸色与目光，他们经常兴高采烈地参与学生们的各种体育活动。在操场上，到处到留下了他们与同学们活动、锻炼的身影。

萧涧秋和陶岚与同学们正在打篮球，大家玩得很是高兴。围观的同学与老师们不停地叫好与鼓掌。教务室的几个教员也挤在窗口看萧涧秋和陶岚与同学们打篮球，一个教员边端着茶杯喝水，边望着正在打球的萧涧秋和陶岚，口中嘟嚷着："简直是不成体统！"也在窗口站着的方谋听了，轻轻地弹了弹手中的烟灰，略带讽刺地说道："唉，这是文明的表现嘛！"说完还"呵呵"地笑了几声。世俗的偏

☆几个教员挤在窗口看球，一个老师指着他们两人说："简直不成体统！"方谋讽刺地说："这是文明的表现嘛！"在他们眼里，萧涧秋和陶岚简直是芙蓉镇的叛逆者。

见与愚昧，让这些人都统统戴上了有色眼镜去看人，特别是看待萧涧秋与陶岚，在他们眼里，萧涧秋和陶岚简直是芙蓉镇的叛逆者。他们这些所谓的芙蓉镇的教员的眼中，萧涧秋与文嫂家走得这么近，文嫂还是个寡妇，所以人们自然就想到了"寡妇门前是非多"这句话。但是他们却看不到萧涧秋那颗红亮火热的心。他们根本不去想文嫂由于失去丈夫而导致居家生活困难，孩子也不能上学，他们看到的只是一个失去丈夫的女人会有怎样的笑话。

打完球后，萧涧秋与陶岚二人兴致勃勃地走进了萧涧秋的房间，陶岚一边整理汗水浸湿的辫子一边说道："啊，好热呀。"你想想，二人生龙活虎地跟同学们玩得这么高兴，能不热么。萧涧秋一边往盆里倒水，一边对陶岚说道："来吧，洗把脸。"这时口渴的陶岚正在倒水喝，只见她拎起暖壶，倒了一杯水，急急忙忙地喝了起来。听到萧涧秋让她洗脸，陶岚捧着水杯对萧涧秋说道："你洗吧，我这就

☆打完球后，两人兴致勃勃地走进萧涧秋的房间，萧涧秋拿着湿毛巾走到陶岚身边，轻声说："给你，擦擦脸吧！"

回家了。"然后陶岚一手端着杯子，一手捋了捋额头前的头发，然后走到了窗前，把窗户打开，让更多清醒、新鲜的空气吹进来，好让自己更凉快些。萧涧秋见陶岚没有过来洗脸，他便将毛巾放在脸盆里浸湿，好好地洗了洗，然后又拧了拧，走到窗前，看着边喝水边望着窗外的陶岚，窗外的春风透过开着的窗户，吹进了房间，春风拂动着陶岚的秀发，此时的陶岚很是美丽动人。萧涧秋感觉有些失态了，忙把湿毛巾递过去，然后对陶岚说道："给你，擦擦脸吧！"

陶岚倒也没有客气，接过毛巾，然后来到镜子前，轻轻地擦起脸来。萧涧秋跟着陶岚来到了镜子前，默默地看着陶岚。忽然陶岚透过镜子，发觉萧涧秋正用深情的目光看着她，顿时感觉有些不好意思。陶岚知道自己一向很欣赏萧涧秋，特别是他走南闯北

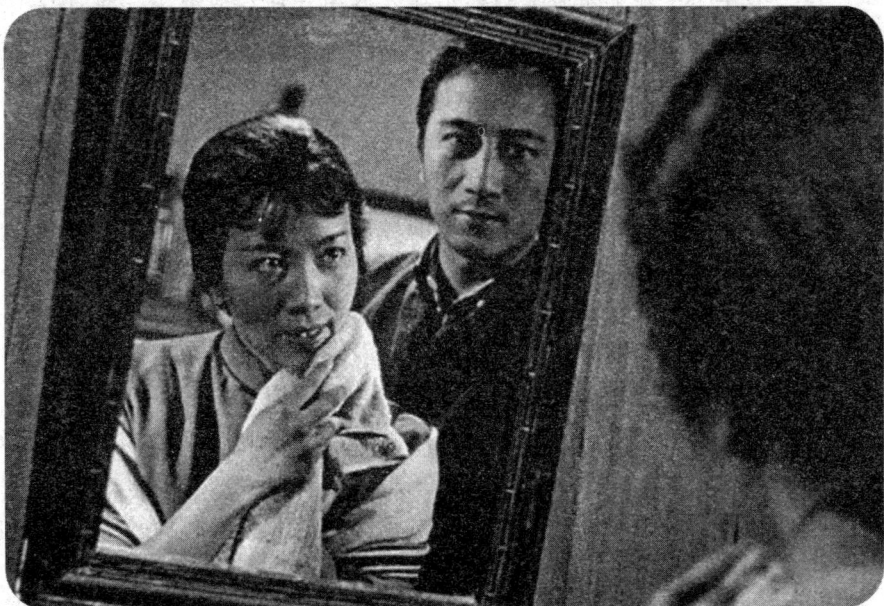

☆陶岚接过毛巾，走到镜子前擦脸，忽然她发觉萧涧秋正用深情的目光看着自己："你为什么这样看我？"萧涧秋答道："因为我还没有这样看过你。"

的经历和渊博的知识，还有他的那份乐于助人的热情。但陶岚还从没发现萧涧秋用如此的眼神望着自己，在她的眼中，萧涧秋除了工作就是帮助别人，好像萧涧秋是一个不懂儿女情长的人。此时，萧涧秋如此神情地望着陶岚，倒让陶岚感觉有些不好意思了。毕竟她还是个姑娘家，另外，毕竟她对萧涧秋还是心存好感的。望着镜子中用痴迷的眼神凝望着自己的萧涧秋，陶岚无法拒绝这深情的目光，她忙害羞地说道："你为什么这样看着我？"陶岚突如其来的这句话，让深情凝望陶岚的萧涧秋突然感觉自己有些失态了，不过萧涧秋还是很快就回过神来，他认真地对陶岚说："因为我还没有这样看过你。"

萧涧秋这样的回答，倒是让陶岚有些不好意思，不知所措。此时陶岚的心里是十五只水桶打水，七上八下，相当忐忑。她不知道萧涧秋为什么会用这种全神贯注、近似痴迷的眼光看着她，难道是萧涧秋真的喜欢上自己了？她搞不懂，但陶岚明白，自己是喜欢萧涧秋的，不光因为他一表人才，相貌堂堂，更重要的是他有一颗博爱的心，更让陶岚从萧涧秋身上看到了正能量，一种向上的动力，一种对未来前进方向的指引。陶岚虽然整天被关在家里，但她很想知道外边的世界是什么样子。萧涧秋的出现，正好给她带来了外边的世界的一些讯息，让她感受到了外边的世界是什么样子。望着萧涧秋的眼睛，陶岚已经有些陶醉了，她努力让自己清醒着。"给你！"陶岚边说，边将擦拭过的毛巾递了过去。萧涧秋伸出手，轻轻地抓住了，抓住了毛巾下边的那只手，萧涧秋知道，自己已经爱上陶岚了。感觉害羞的陶岚过了片刻，才害羞地将手从萧涧秋的手中抽了出来。

陶岚起初以为在萧涧秋的生活中，根本没有他自己，也没有爱情，有的只是所谓生命的价值和意义，因为陶岚从萧涧秋身上所看到的是乐于助人的爱心和那种正直和善

☆随即萧涧秋返身去洗脸，陶岚睁着一双大眼睛调皮地看着他。

☆这时，校工阿荣走进门，递给萧涧秋一个纸卷，说："萧先生，是
　您的资料。"

良。虽然走南闯北，走遍大半个中国的经历让萧涧秋更显成熟与更有阅历，但也让萧涧秋更有了男人味儿，特别是他身上和骨子里透着的那份忧国忧国的情愫，很是让陶岚着迷。陶岚知道，萧涧秋正是自己要找的人，也是自己想找的人。正如钱正兴所说，自己已经爱上萧涧秋了，只是自己一直没有向他表白。而萧涧秋呢，似乎也对自己有好感，可是，对于一个男人来说，更多的是责任，家庭却显得没那么重要了……萧涧秋正在洗脸时，校工阿荣突然进来了。他递给萧涧秋一个纸卷，对萧涧秋说道："萧先生，这是您的资料。"萧涧秋忙用毛巾把手擦干，接过了阿荣递来的资料，然后口中对阿荣说道："谢谢你啊！""萧先生，您太客气了，不用谢。"说完阿荣便出去了。

萧涧秋接过资料，轻轻地打开。好奇的陶岚望着这所谓的资料，很是惊讶，"这是什么？"陶岚问道。"这是杂志。"萧涧秋一边把卷着的资料拆开，一边对陶岚说。"是

☆打开一看，是上海一个朋友寄来的《新青年》杂志，里面讲了一些新奇的、进步的思想观点，两人如饥似渴地看了起来。

上海的一个朋友寄来的。"费了好多周折，"资料"终于打开了，萧涧秋并没有急于打开里边的内容去看，而是先将这本杂志递给了好奇的陶岚，陶岚接过杂志，只见杂志的封面上写着《新青年》。陶岚面对这本书，心情很是激动，她认真地翻阅着，萧涧秋站在旁边，陪她一页一页欣赏着、阅读着。《新青年》杂志里面讲了一些新奇的、进步的思想观点，两人如饥似渴看了起来。此时，在陶岚的世界里，又多了一层知识的积累，对这个社会，又有了一个新的认识。这些认识都是基于《新青年》这本杂志，而陶岚对萧涧秋也有了一个更新更完全的认识，那就是原来萧涧秋一直在读《新青年》这样的进步杂志。这也让陶岚对萧涧秋的好感愈发的增加了。

一天课后，陶岚将一本刚看完的杂志还给萧涧秋。两人一边在田野间散步，一边兴奋地谈论着。从杂志中，陶岚认识了更多的进步思想与进步青年。她知道，当前中国的困境与迷茫，也看到了无数的仁人志士怀着满腔的热忱参与到了救国的运动当中。同时她也看到了当前国内的混乱，政治的不稳定。小河边，柳树下，田野里，操场中，都留下了萧涧秋与陶岚的身影与声音。陶岚对萧涧秋的那份崇敬与向往，也变得更加直接。通过萧涧秋，陶岚认识了更多的当前国内形势，也感觉到了民族危亡之时，庶民的责任，特别是青年们的重担。就这样，两人你一言我一语的讨论着，时而评论当前的局势，时而发表自己对某一事件的看法，时而对某次镇压学生运动表示出愤愤的抗议……此时的陶岚，才是真正的陶岚，此时的萧涧秋，才是真正的萧涧秋，两人已经从简单的同事和朋友关系成为了志同道合的战友……两人一边议论着，一边交流着。

这天课后，萧涧秋刚要回房间，就听到身后有人叫他。"涧秋！"陶岚看到萧涧秋刚要上楼，便急忙喊道。然后陶岚将手中刚看完的一本杂志递给萧涧秋，"我昨天一夜没睡，把它都看完了。"陶岚激动地说道。"你认为怎么样？"

☆一天课后，陶岚将一本看完的杂志还给萧涧秋。两人兴奋地谈论着向萧涧秋的房间走去，当他们推开房门时，从门上掉下一封信，萧涧秋弯腰捡了起来。

☆陶岚抢过去念道："芙蓉芙蓉二月开，一个教师外乡来，两眼炯炯如饿鹰．内有一付好心裁，左手抱着小寡妇，右手想把芙蓉采……"

萧涧秋边接过杂志，边问道。"我还不能完全同意你的看法！"陶岚认真地说道。"好啊！"萧涧秋听说陶岚还有自己的想法，很是高兴，"那我们上楼继续讨论吧！""好啊！"陶岚痛快地答应了。然后两人一前一后地上楼了。刚推开房门，一封信从门上掉了下来，萧涧秋弯腰捡了起来，然后关上门。陶岚看着萧涧秋手中的信问道："谁来的信？""不知道！"萧涧秋一边拆信一边答道。这时陶岚跑过去抢过信拿在手中，看了一眼说道："还是首诗呢。"然后就念了起来："芙蓉芙蓉二月开，一个教师外乡来……"听到这儿，萧涧秋走了过来，陶岚将信递了过去。萧涧秋接过信念道："芙蓉芙蓉二月开，一个教师外乡来，两眼炯炯如恶鹰，内有一付好心裁，左手抱着小寡妇，右手想把芙蓉采，此人若不驱逐了，吾乡风化安在哉……"

　　读完信，萧涧秋气得脸色发白，生气地将信揉成一团，

☆萧涧秋气得脸发白，陶岚要去找哥哥查一下，萧涧秋拦住她："查出来又怎样？若是光明正大的人，就不会写这种东西了。"陶岚说："涧秋，我要跟你好，你要拿出勇气来！"

口中气愤地说道："这么卑鄙！"陶岚看着萧涧秋生气的表情，自己也很是难过。她想不到会有人用如此卑劣的手段，写这种污辱性的诗来沾污萧涧秋。陶岚生气地将萧涧秋手中的已经揉成纸团的"诗"抢了过来，她对萧涧秋说道："你给我，我找哥哥去！让他查一下看看是谁干的！"说完就拿着纸团朝门外口走去。"不！"萧涧秋拦住了陶岚，他看着心急火燎的陶岚，对她说道："何必要给你哥哥增添烦恼呢？"陶岚气愤地说："我们要让哥哥彻底地查一下！"萧涧秋看着陶岚说道："查出来又有什么用呢？这个人要是个光明正大的人，就不会写这样的东西了！"说完这些话，萧涧秋气愤难平，不停地在屋子里来回走着，然后又生气地一屁股坐在了床上，说道："看来，我非得在你们芙蓉镇被暗箭射死不可！"看着萧涧秋，陶岚心疼极了，她对他说道："涧秋，你别这么说！"边说陶岚边走到了坐在床前的萧涧秋身边，她深情地凝望着他说道："涧秋，我要跟你好！我让他们看着我跟你好！让他们向往吧，让他们忌妒吧！让他们在石壁上碰死！你是个意志坚强的人，你要拿出勇气来！"

第八章

阿宝病亡

　　萧涧秋没想到陶岚会说出这番让人备受鼓舞的话来。他望着眼前的陶岚说道:"是啊!我倒是无所顾忌,可是……"萧涧秋说到这儿深深地叹了一口气继续道:"我所担心的是文嫂!外界没有人同情她,还不断地有流言蜚语伤害她,在这样的境遇里,叫她怎么活下去啊!"陶岚知道萧涧秋此时内心中的想法,在此关头,他依然顾不上考虑自己的安危去留,还是在一心替文嫂着想。萧涧秋的担心

☆萧涧秋说:"我倒是无所谓的,我所担心的是文嫂,外界没有人同情她,还不断有流言蜚语伤害她,叫她怎么生活下去呀!"

不是多余的，文嫂孤儿寡母，本身已经很是不好过，如果有类似的这样一封信到了文嫂手里，那她会有何感想？作为一个女人，一个注重情操的女人，一个很是在乎街头巷议和流言蜚语的女人，她会做些什么呢？萧涧秋已经想到了，但他还是无法去面对。他此时很困惑，难道自己真的错了？莫非自己真的不该帮助文嫂一家？不该接采莲去上学？也许，自己当初就不该到芙蓉镇来，不该接受陶慕侃的邀请……这一切都是自己的错。

这样想着，萧涧秋忍不住说道："真太残忍了！"他实在想不到，在这样一个看似民风纯朴的小镇，会有如此错综复杂的事情。看到一个本该受到大家尊敬和得到别人同情与帮助的人，而更多的人不是给予关怀和帮助，却是对她和帮助她的人给以流言蜚语和鄙夷的目光。这让萧涧秋无论如何都无法接受，在他的眼里，自己和文嫂死去的丈

☆站在窗口的陶岚一时找不出话来安慰萧涧秋，忽然，她发现采莲背着书包呆呆地站在校园的树丛里，忙对萧涧秋说："你看，那不是采莲吗？"

夫李志豪是同学，李志豪也算是为国家而战死的，理应受到尊敬，他的家人也应当得到妥善的安置，可是……此时的陶岚，看着气愤难平的萧涧秋，不知道说些什么是好，尽管她很想安慰他。陶岚静静地走到窗前，望着窗外。忽然，她发现采莲背着书包呆呆地站在校园的树丛里，陶岚看到了，忙对坐在床上正生气地萧涧秋说道："你看，那不是采莲吗？"一听说采莲在下边，萧涧秋也顾不上生气了，忙从床上站了起来，跑到窗前，望向树丛中，然后一看果然是采莲，"哎，还真是采莲。"

看清楚了在楼下校园的树丛里站着的果然是采莲，萧涧秋和陶岚便急急忙忙地跑了下来。采莲挎着大大的书包，呆呆地站在那里。萧涧秋和陶岚来到采莲身边，采莲看到他们就哇地哭了起来。萧涧秋忙蹲下身子，关切地拉着采莲的小手问道："采莲，你今天早上怎么没去上学？"采莲

☆他们急忙跑下楼去，采莲看见他们就哭了。采莲对萧涧秋说："妈妈叫我不要告诉萧伯伯，弟弟病了，烧得很厉害。"

低着头，哭泣着说："妈妈叫我不要告诉萧伯伯，叫我来上学。弟弟病了，烧得很厉害。妈妈不让萧伯伯知道。"萧涧秋听了采莲的话，慢慢地站了起来，久久不语。他没想到在这时候采莲的弟弟会生病，真是屋漏偏遇连阴雨，破船又遇顶头风。这不是让本来就雪上加霜的一家人，日子更难熬么？可怜的采莲，静静地站在那里，不停地用小手擦拭着流到脸上的泪水。她丝毫不能感受到妈妈的痛苦无助与萧涧秋的无奈与怨恨！

陶岚见状，过去把采莲拉过来，搂在怀里，然后看着久久不说一句话的萧涧秋说道："去叫阿荣借个体温表来，我们一块儿去看看孩子吧。"萧涧秋面露难色道："我简直不敢去了。"天真的陶岚问道："为什么？""社会上的闲话太多了！"萧涧秋说道。是啊，太多的闲话了。打油诗的事情还没完，现在文嫂家的小宝又生病了。这让萧涧秋很是

☆陶岚要去借个体温表，约萧涧秋一块去看看阿宝。萧涧秋为难地说："我简直不敢去了。"陶岚问："为什么？"萧涧秋说："社会上的闲话太多。"

为难，他倒不是担心自己怎样，自己大不了离开芙蓉镇，继续自己走南闯北的游走生涯，这都无所谓。可是文嫂不一样，她还是在芙蓉镇生活，她还有采莲和小宝要照看，日子还是要过的。自己要是再去文嫂家，恐怕会有更多的流言蜚语对她产生伤害。文嫂是个善良老实的农家妇女，她不能承受如此多的恶语，这样会让她崩溃的，甚至会要了她的命！萧涧秋知道陶岚没有想过这些，她想的是如何能让小宝赶快好起来。还有就是，陶岚在想，让萧涧秋别有太多的心理压力和负担，能够开开心心地度过每一天。

与此同时，方谋与钱正兴正坐在镇上清香园茶馆里扯着闲话。"方谋，学校里对于我的辞职，有什么议论没有？"钱正兴呷了一口浓茶，然后不无关心地问道。"啊……"方谋一听钱正兴问他辞职的事，便来了兴致："关于你辞职，

☆与此同时，方谋与钱正兴正坐在清香园茶馆里扯着闲话，方谋说校中同仁都感到很寂寞，盼望钱正兴回校任教，钱正兴笑了笑："姓萧的不走，我决不回校。"

— 147 —

自从你走了以后，校中同仁都感觉到非常寂寞，所以我们大家都盼望你回来。"方谋见钱正兴问，便不无讨好地告诉了他。方谋当然想巴结钱正兴，毕竟钱家在芙蓉镇是数一数二的仕绅，跟姓钱的搞好关系，对自己是没有坏处的，所以他就拍马屁般说了一些恭维的话。钱正兴一听方谋说校中同仁都盼望他继续回校任教，便感觉好像自己是学校的香饽饽，学校离了他不行似的。只听钱正兴鼻子里不屑地"哼"了一声，然后又端起茶杯，用杯盖轻轻地推了推杯中漂浮着的茶叶，对方谋说道："那个姓萧的不走，我决不回校。"钱正兴说话的声音很大，引来了附近几桌茶客的目光，大家都在议论着什么。

旁边桌上的茶客听了钱正兴的话，其中一人问邻座道："哎，那姓萧的是谁呀？""就是那个芙蓉镇中学的教师嘛！"邻座的茶客小声地答道。"噢，我知道了。"提问的茶客好

☆方谋又嬉笑着说："那位江湖落魄者喜爱的不是孔雀，而是野鸭。"钱正兴不解地问："怎么讲？""就是西村那位年轻的寡妇呀！"附近几桌的茶客都被他们的谈笑所吸引。

像明白了什么。这时方谋和钱正兴还在议论着，就听方谋又嬉笑着说道："依我看来，那位江湖落魄者喜爱的不是孔雀，而是野鸭。""野鸭？"钱正兴有些不解地问道："怎么讲？"方谋看钱正兴的表情好像还不明白，便呵呵地笑了几声，然后手里撮了几个蚕豆解释般地说道："哎，就是西村那位年轻的寡妇呀！"说完方谋和钱正兴都哈哈大笑起来。周围的几桌茶客都被他们的谈笑所吸引。大家也都知道说的"姓萧的"是谁了，自然是指萧涧秋，也知道萧涧秋是谁，就是芙蓉镇中学的教师。方谋所说的"野鸭"大家也都知道是谁了，就是西村死了丈夫，带着两个孩子的寡妇——文嫂。至于寡妇文嫂与萧涧秋的"事儿"，大家也都略有耳闻了。

　　听说阿宝病得厉害，萧涧秋最终还是鼓起勇气，和陶

☆听说阿宝病得很厉害，萧涧秋鼓起勇气，和陶岚一起来到文嫂家看阿宝。老医生看到萧涧秋和陶岚就心里不满，草草地给阿宝诊了脉，说："没什么病，过两天就会好的。"

岚一起来到文嫂家看阿宝。看着文嫂怀里的阿宝一动不动，大家很是着急。陶岚关切地问文嫂："阿宝是什么时候开始发烧的?"文嫂看了看怀中的阿宝，对陶岚说道："从昨天起，越来越厉害了。"站在旁边的萧涧秋说道："你应当早一些请个医生来看一看。"文嫂抬起头看着萧涧秋说道："我总以为他自己会好的，中午常奶奶来看了一次，觉得孩子烧得厉害，她就帮我请医生去了。"陶岚看了看时间差不多了，便将插在阿宝身上的体温计取了下来，这时常奶奶请医生回来了，她领医生进门，对文嫂说："文嫂，先生请来了。"这时请来的医生看到萧涧秋和陶岚正在窗户前看体温计，便对常奶奶说道："你们已经请人来看病，还叫我来做什么呀?"说完便要往出走。常奶奶见状，忙告诉他说萧涧秋和陶岚不是医生。萧涧秋也忙走过来对请来的医生说："请你不要误会。我们是芙蓉镇中学的教师。"听萧涧秋这么一说，这名医生好像想起了什么，便将架在鼻梁上的眼镜往起托了托，从眼镜框的缝隙中瞅了瞅。然后半笑着一脸不屑地说道："你就是萧先生? 久仰，久仰。"

陶岚看不惯这名医生那不屑的眼神，忙对他说道："请你快给孩子看病吧。""好，好。"这名医生这才点了点头，然后来到了阿宝床前。这时陶岚把刚量了阿宝体温的体温计递到萧涧秋手中，说道："三十九度八，烧得很厉害。"萧涧秋接过温度计，仔细看了看，说道："不会是肺炎吧。"这时那名医生正把左手放在阿宝的右臂上把脉。文嫂用焦灼的眼神看着这名医生，她希望自己的孩子没什么事情，很快就能好。现在丈夫已经去世了，就剩下了她们母子三人相依为命。由于家里穷，吃不上喝不上，所以阿宝自打生下来就身体虚弱，老是得病，没少让文嫂操心。希望这次也只是普通的发烧感冒，希望能很快过去。萧涧秋和陶岚也焦急地看着医生，他们也希望孩子能快些好起来。这样好给本来已经饱受打击和摧残的文嫂一点点勇气和希望。这名医生看到萧涧秋和陶岚就心存不满，草

草地给阿宝诊了脉后，对文嫂说道："孩子没什么病，过两天就会好的。"

☆陶岚说："体温 39.8℃，烧得很厉害！不吃药怎么能退烧呢？"老医生勉强开了一个药方就走了。

文嫂听了医生的话有些将信将疑，又问道："没什么病啊？"医生若无其事地说道："小孩子发点儿寒病，用不着吃药。"说完起身就要走。一听医生说阿宝没病，可阿宝又烧得如此厉害，萧涧秋向前一步对医生说道："孩子体温三十九度八，烧得很厉害，不吃药怎么能退烧呢？"听萧涧秋这样说，医生有些尴尬，便勉强说道："好吧，那就吃一付吧。"说完就坐在桌前开起了方子。这时文嫂冲萧涧秋喊道："萧先生……"萧涧秋忙走到床前，文嫂看着怀里的阿宝说道："看样子，阿宝没病。"萧涧秋说道："所以我劝你不要着急，待会儿我去照方拿药，退了烧，病就会好的。"医生开完方子就走了，萧涧秋也急匆匆地出去买药。陶岚替文嫂付了看病的钱，又安慰文嫂说："文嫂，你千万不要

着急，孩子吃了药就会好的。我明天再来看孩子。""谢谢你了，陶小姐。"文嫂感激地说道。说完要起身送陶岚出门，被陶岚拦住了。

☆萧涧秋急冲冲出去买药，陶岚替文嫂付了看病钱，安慰文嫂说："你千万不要着急，孩子吃了药就会好的，我明天再来。"文嫂感激地说："谢谢你了！陶小姐。"

　　陶岚拖着疲乏的身体回到了家，刚进门，母亲正在收拾，看到陶岚疲惫不堪的样子，忙一边擦手一边关心地问道："你都饿了吧？要不你去先吃吧。""我不饿。"陶岚的确是有些累了，都是为这些琐碎的事操心导致的。看哥哥没在，陶岚便问母亲："哥哥呢？没在家么？"母亲看着陶岚说道："他刚才回来了一下，又匆匆忙忙到学校去了。"顿了下，母亲接着说："下午是王镇长派人找他去的……"陶岚愣了一下，她一边猜测王镇长找哥哥的原因，一边向自己的卧室走去。陶岚想，王镇长找哥哥，肯定不外乎两件事。一是关于钱正兴跟自己提亲的事。肯定是钱家又去

镇长家了，托镇长来处理这事。哥哥在芙蓉镇中学当校长，自然要受镇长的指派，肯定是钱家想通过镇长来让哥哥妥协。二是关于萧涧秋的事。肯定是镇长也听到了什么流言蜚语，所以要找哥哥，问问萧涧秋是什么情况，到底怎么回事。没准儿这会决定萧涧秋是否还能留在芙蓉镇。

☆陶岚疲乏地回到家里，听母亲说哥哥被王镇长找去了。她愣了一下，一边猜测着王镇长找哥哥的原因，一边向自己的卧室走去。

　　看女儿状态不好，陶母忙关心地问道："怎么啦？你不舒服吗？"陶岚看看年迈的母亲，对她说道："妈，我没有什么不舒服，只是有些累了。我回房间休息会儿就好了，你不用担心。"说完便朝自己的房间走去。陶母有些担忧，也跟着进来了。陶岚摘下披肩，若有所思地斜躺在床上。陶母忙上前看着陶岚问道："学校里是出了什么事了么？"陶岚故做镇定地说道："没什么事儿。"然后陶岚又问陶母道："哥哥对你说什么了么？"陶母看着陶岚，说道："你哥光是皱着眉头，什么也没说。"接下来陶母慢慢地坐在床

边，看着躺在床上的陶岚说道："不管什么事情，你们都不肯对我说。"陶岚看着焦急的母亲，笑着说："妈妈你放心吧，没什么了不起的事。"说完就把身子转过去了。陶岚刚才从对妈妈的问话中已经隐约感觉到了，哥哥肯定很为难，否则为什么会皱眉头呢？那肯定是比较难办，很棘手的事情呗！看来真是让自己猜中了。

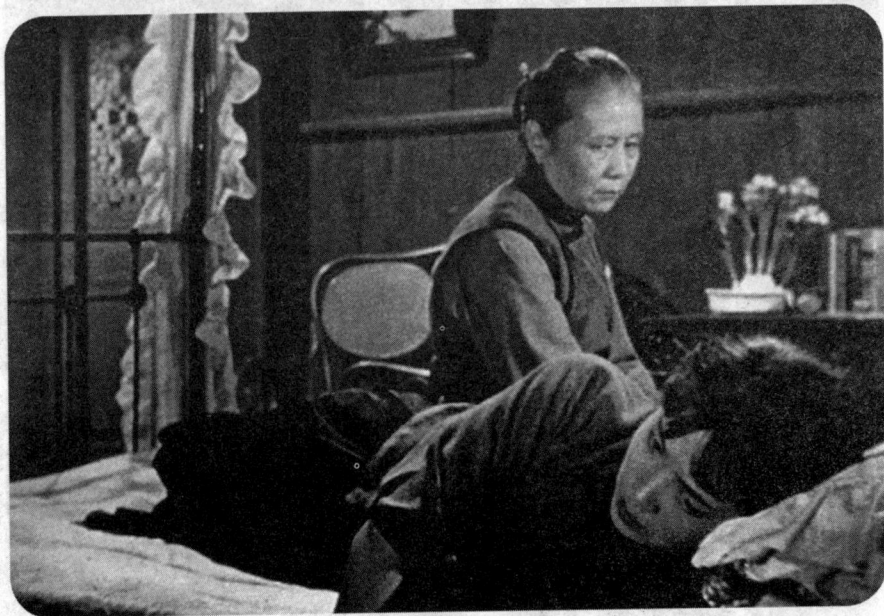

☆母亲担忧地跟了进来，问她学校出了什么事，陶岚说："妈妈你放心吧，没什么了不起的事。"说完独自凝神思索起来。

此时，萧涧秋正在文嫂家教采莲认字。"麦，mai，冬，dong，麦冬。"萧涧秋指着医生开的方子上的草药在教采莲，他念一句，采莲跟着念一句。"麦，mai，冬，dong，麦冬。""半，ban，夏，xia，半夏。""半，ban，夏，xia，半夏。"……两人就这样，你一句，我一句，一个教着，一个学着。萧涧秋教得认真，采莲学得仔细。阿宝刚吃了药，头上敷着一条湿毛巾躺在床上睡着。文嫂累得也倚在床栏

上打瞌睡，她的手还不忘牵着阿宝的手。文嫂太操劳了，每天不光要惦记着孩子，送采莲上学，还要去想法帮别人家做些事情，好挣些钱买粮食。她知道自己已经麻烦萧涧秋很多了，不能再让人家为自己操心。文嫂是个要脸面的人，希望自己能自食其力。"桂，gui，枝，zhi，桂枝。""桂，gui，枝，zhi，桂枝。"萧涧秋和采莲，两人还是你一句我一句地一个教着一个学着。

☆此时，萧涧秋正在文嫂家教采莲认字。文嫂累得倚在床栏边打瞌睡，阿宝吃了药，头上敷着一条湿毛巾也睡着了。

突然，"啊……"传来了阿宝的哭声。"阿宝，阿宝……"阿宝终于哭出声来了，文嫂很是激动。听到阿宝的哭声，萧涧秋也从桌子旁走到了床前，过来看阿宝。文嫂看着萧涧秋说道："阿宝出声了，萧先生，你的法子真灵！阿宝已经有两天多没哭出声儿来了。阿宝……""小弟弟，你好些了吧……"萧涧秋摸着阿宝的头关心地说道。

然后他拿了毛巾又去重新用水弄湿。看着萧涧秋忙前忙后的身影，这时文嫂不无感激地说："你救活了我们母子三人的性命，我怎么才能报答你呢？"萧涧秋一边拧干毛巾，一边看着激动的文嫂说道："不要说这样的话了，只要都能够好好地活下去，就是大家的幸福了。"然后萧涧秋将放在炉子上的脸盆端起来放到了桌子上，自己拿了拧好的毛巾重新给阿宝敷上。懂事的采莲忙将放在地上的铁壶放到了炉子上，好烧水。文嫂和萧涧秋又给阿宝换了衣服，然后又敷上毛巾，阿宝又睡着了。

☆突然，阿宝哭出声来了。文嫂欣喜地说："你的法子真灵！萧先生，你救活了我们母子三人的性命，怎么才能报答你呢？"萧涧秋不好意思地说："这是大家的幸福了。"

看天色不早了，萧涧秋便对文嫂说道："时间不早了，我该回学校去了。"文嫂听说萧涧秋要走，忙站起来说道："不，就在这儿吃了晚饭再走吧。家里也没什么菜，我这就

给你炒两个鸡蛋。"说完文嫂就起身要去忙活了。"不用了。"萧涧秋见状，忙劝阻道："天黑了，路就不好走了。""那怎么行……"文嫂说话有些支吾。这时采莲跑了过来，对萧涧秋说道："萧伯伯，你别走了，就在我们家住吧。"边说，采莲边从前面抱住了萧涧秋。天真的孩子的真心表白，让萧涧秋和文嫂很是有些尴尬。萧涧秋捉着采莲的肩膀说道："采莲，萧伯伯明天再来看你。"说完便往门口走。采莲看萧涧秋真要走，使劲抱着他说道："我不让你走，我不让你走。"文嫂也不好意思挽留萧涧秋，便拉住采莲说道："采莲，听话，松开。萧伯伯还有事情，听妈妈的话。""我不嘛，不嘛。"采莲执拗地喊着。就在这时，校工阿荣来了。说陶校长正在到处找萧涧秋，萧涧秋忙问阿荣校长找他有什么事。阿荣说自己也不知道，陶校长请萧涧秋马上到他家里去一趟。萧涧秋临走时还嘱咐文嫂道："手巾要

☆天色已晚，校工阿荣来了。说陶校长请萧涧秋马上到他家里去一趟。萧涧秋嘱咐文嫂道："你要不时地给阿宝换毛巾。"说罢他随着阿荣走了。

时常给阿宝换一换，可千万不要让阿宝受风……"说完就同阿荣走了。

　　方谋、钱正兴等人对萧涧秋的嫉妒和中伤，弄得芙蓉镇满城风雨，连镇长都知道了。陶慕侃感觉到压力很大，他正在劝说妹妹要注意影响、尊重舆论，人言可畏啊。陶慕侃看着坐在床上的陶岚说道："我不过是提醒你注意，我不是个太守旧的人啊。可是你们的行动，太不文明了一点，学校的同事们都看不惯。"陶岚可不吃她哥哥这一套，她倔强地对陶慕侃说道："我偏要和涧秋好，别人，他管得着嘛？"陶慕侃听妹妹这么说，一时也没有办法，忙又对陶岚说道："我不是不让你和涧秋好，可是你应当尊重舆论，俗话说，人言可畏啊！更何况，这些都已经传到镇长的耳朵里去了。"看来镇长找哥哥并不是因为钱正兴向自己提亲的

☆方谋、钱正兴等人对萧涧秋的嫉妒和中伤，弄得芙蓉镇满城风雨，连镇长都知道了。陶慕侃感到压力很大，他正在劝说妹妹要注意影响、尊重舆论，人言可畏啊！

事，而是由于萧涧秋的事情。现在的人也真是的，吃饱了没事，就喜欢东家长西家短的，背后说三道四的。你说这事还让镇长听说了，镇长肯定要拿哥哥问罪。不过哥哥也真是的，这些事都是个人的事，跟他又有什么关系呢。

听到哥哥说到什么人言可畏，还传到镇长耳朵里了，陶岚火气就上来了。她蹭的一下子从床上站起来，大声喊道："我偏要和涧秋好，别人无权干涉。我才不管他什么镇长呢！他管得着吗？笑骂由人笑骂，我行我素而已！"说完就开始撒脾气，将椅子上、桌子上的东西开始胡乱丢弃。陶慕侃见状也不知如何是好，只是口中说道："你也太任性了。"说完便气呼呼地走出了陶岚的卧室，陶岚也不含糊，火气比她哥哥要大得多，见陶慕侃走出了自己的房间，便重重地将门关上了。陶慕侃听到重重的关门声，扭回头看了看，无奈地摇了摇头，啥话也没说。陶慕侃知

☆陶岚执拗地说："我偏要和萧涧秋好，别人无权干涉。他管得着吗？笑骂由人笑骂，我行我素而已。"

道，自己拿这个妹妹真是没办法。陶岚天生的倔脾气，特别是她认准了的事儿，就是十头牛都拉不回来。再说，萧涧秋这件事也的确不能怪陶岚，可是，问题是现在整个芙蓉镇上关于萧涧秋与文嫂的事已经传得沸沸扬扬，让他这个当校长的也没办法，再说这次是镇长亲自过问，他也不好交代。

陶慕侃刚气呼呼地从陶岚的房间里出来，恰好萧涧秋来到了陶家。陶慕侃与萧涧秋在厅堂遇上了，见萧涧秋已经进来了，陶慕侃竭力掩饰内心的不快，故作轻松地问萧涧秋："涧秋，你来啦，还没吃饭呢吧？我让吴妈给你弄来……"边说边要去后院叫吴妈给萧涧秋弄饭。萧涧秋忙说道："不用了，你还是先说事情吧，要不然，我也吃不下。"听萧涧秋这么直接，倒是陶慕侃反而有些支支吾吾了，陶慕侃装做无所谓的样子说道："其实，也没什么了不

☆见萧涧秋走进厅堂，陶慕侃竭力掩饰内心的不快，故作轻松地说："你还没有吃晚饭吧？……其实也没有什么大事，就是……"

起的事情。就是……"陶慕侃面对萧涧秋，还是有些不好意思说出口。萧涧秋毕竟是自己请来到芙蓉镇中学任教的，自己对萧涧秋也是很了解的。他本身不是这样的人，只是芙蓉镇的这些谣传让事情弄得有些复杂化，搞得像真的一样。现在让他对萧涧秋说，反而却有些说不出口了。其实他也细想了，人家萧涧秋并没有做错什么，而高风亮节，乐于助人。这是应当值得表扬的行为，只是，可惜他帮助的对象是个寡妇，否则，一切都好说……

　　倒是萧涧秋来得痛快，他见陶慕侃支支吾吾的，好像有些说不出口，他便非常敏感地对陶慕侃说道："流言蜚语给你增加了麻烦，是不是?"陶慕侃闻听此言，深感诧异，忙对萧涧秋说道："不，不，我倒是为你受到无辜的诽谤而感到抱歉……"此时，萧涧秋站在厅堂的桌子旁，看着眼

☆萧涧秋非常敏感地说："流言蜚语给你增加了麻烦是不是?"陶慕侃说；"不，我倒是为你受到无辜的诽谤而感到抱歉。我……希望你到女佛山休养一个时期，度过春寒再回来。"

前躲躲闪闪的陶慕侃，片刻，萧涧秋还是坐在了桌前的椅子上，陶慕侃在厅堂里不停地走来走去。这时陶慕侃站在萧涧秋对面，看着他说道："涧秋，我看这几天你消瘦了许多，嗯……这个……"陶慕侃又有些支支吾吾了。"我想，你是不是到女佛山休养一个时期，等过了春寒再回来。"此时的陶慕侃也没有什么别的办法了，萧涧秋是自己请来的，不能明说要赶人家走。现在只好这么说，让他去女佛山休养一段时间，也好先暂时平息芙蓉镇的这些流言蜚语。既然自己提出来了，萧涧秋多半会同意，这样尽管是权宜之计，但也只好这样了。如果萧涧秋不同意，那以他的性格可能会直接离开芙蓉镇，那样也好，总归能平息这些流言蜚语就是了。

听了陶慕侃的话，萧涧秋想了想，然后仰起头果断地对陶慕侃说道："我前几天就想向你辞职，离开芙蓉镇这

☆萧涧秋想了想，仰起头果断地说："我原打算向你辞职离开这个地方。可是现在我决定忍受下去，如果这样不清不白地走了，不更惹人笑骂吗？"

个地方。"听萧涧秋如此说，陶慕侃有些不好意思，忙说道："涧秋，你千万不要误会。我跟你定的是三年的约……"萧涧秋听陶慕侃着急解释什么，他边接着说道："可是我后来改变了主意，我决定忍受下去。"然后萧涧秋转头看着陶慕侃，斩钉截铁地说道："现在就是你赶我走，我也不走了。这样不清不白地走了，不是更惹人笑骂吗？"听了萧涧秋的决定，陶慕侃如释重负，这证明萧涧秋真的是清白的，这也正是萧涧秋的本性。他笑着连连说道："这就好，这就好。"嘴上这样说着，可是他还是重重地坐在了椅子上。看来萧涧秋是不会离开芙蓉镇了，至少短时间内是不会离开了，那这意味着流言蜚语还会继续，甚至会有可能更猛烈。这说不好镇长还会找自己谈话，萧涧秋毕竟是自己请来的，也不能说走就让人家走啊……陶慕侃很是矛盾。

　　萧涧秋并不知道那些"正人君子"们已经向他开始了新挑战。第二天，萧涧秋像以往一样和其他老师走出教务室，去教室内按时给学生们上课，当他走出教务室时，走在他身后的方谋，边走边露出一种很难让人觉察的奸笑。果不其然，萧涧秋走到教室门口时，平时喧闹的教室此时却听不到一点声音，他感觉到很是纳闷。从窗外望去，也看不到同学们的身影。他已经有了某种预感，他还是快步走上前，推开了教室的门。可是，教室里除了桌椅和放在教室后的角落的柜子，还有上面那个老的已经转不动的地球仪，空无一人。这个意外着实让他惊呆了。望着眼前的情形，萧涧秋脑子有些懵，他在努力让自己安静下来。难道这是人们对他不妥协的一种惩罚方式？莫非自己真的要离开芙蓉镇？一幕幕在萧涧秋的脑海里滑过。他还是缓缓地走进了教室，手里捏着粉笔，眼睛望着空无一人的教室。曾经多么熟悉的身影，现在却一个也没有来……

　　就在这时，王富生来了。他还是和以往一样，早上六点起床，然后上山和父亲去打柴，他刚把一担柴放到集市

☆萧涧秋并不知道那些"正人君子"们已向他开始了新的挑战。第二天,萧涧秋按时去上课,可是,他推开教室门一看,教室里空无一人。这个意外使他惊呆了。

☆一会儿,王福生来了,他紧张地朝萧涧秋鞠了一躬说:"萧老师,我又迟到了。"萧涧秋激动地说:"不,今天你是第一个,我给你一个人上课!"

上，然后就往学校赶，不过还是迟到了。王富生来到教室，看着偌大的教室没有一个同学，只有萧涧秋一个人，他还是紧张地朝萧涧秋深深地鞠了一躬说道："萧老师，我又迟到了……"萧涧秋看着王富生，激动地说道："不，你没有迟到，今天你是第一个。我来给你一个人上课，去坐吧！"边说着，萧涧秋边来到王富生的身边，轻轻地拍了拍他的肩膀。王富生慢慢地坐到自己的座位上，萧涧秋将教室的门关上，然后回到讲台上，开始给王富生上课。王富生的到来，可以说是给萧涧秋带来了很大的勇气，对他也是一种鼓舞。他知道，如果自己这堂课由于没有学生，自己上不成，而回到教务室，肯定会被某些人看笑话，他们的阴谋也就得逞了。萧涧秋绝不能这样做，不能满足他们，不能让他们的阴谋得逞。

此时，陶岚已经知道萧涧秋年级的学生都没上课，她

☆不久又有十几名同学陆续地进了教室，坐在座位上了。萧涧秋朝窗外望去，只见陶岚在向他点头微笑。他明白了，是陶岚把学生们找来的。他情绪振奋，大声地讲课。

正在挨个地寻找他们，动员他们去上课。教室内，萧涧秋正在认认真真地给今天唯一的学生王富生讲课。他一会儿在黑板上写着什么，一会儿又口中讲着什么，一会儿又走到王富生旁边指点着什么。这并不是萧涧秋第一次上课，但这却是萧涧秋第一次给一名学生上课。老师认真地讲，学生全神贯注地听，二人都很投入。不久，就在萧涧秋给王富生上课的间隙，又有十几名同学陆续地走进了教室，坐在了座位上。大家都悄悄的，尽量不弄出声音。萧涧秋还是听到了，看到这些同学已经坐在了教室。他有些纳闷，这是怎么回事儿呢？难道真的是他们集体迟到？不对呀，怎么会呢？那他们为什么突然又来了呢？带着这些疑问，萧涧秋忍不住朝窗外望去，只见陶岚在冲着他点头微笑。他明白了，是陶岚把学生们找来的。他情绪突然振奋起来，开始大声的讲课。

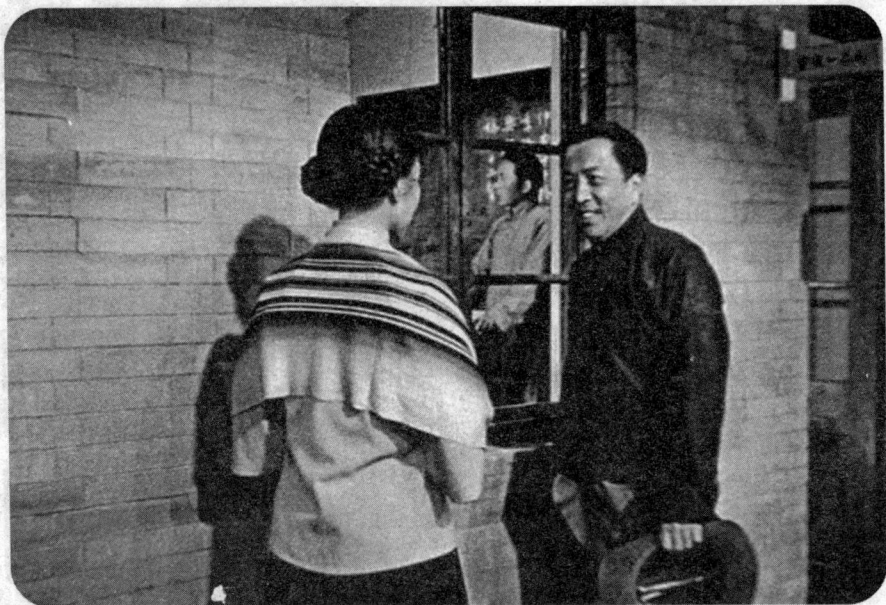

☆陶校长碰见陶岚说："交涉毫无结果，他们说罢课是家长们抗议的表示。"陶岚说："胡说，刚才我到学生家去，家长们说不知接到了什么人的通知，说老师病了，放假一天。"

　　萧涧秋的声音在教室里回响着，校园里，陶慕侃正匆匆地走着，突然听到了萧涧秋讲课的声音，很是纳闷，便想走过来看个究竟。因为他知道学生家长由于反对萧涧秋再担任学生们的老师，便进行抗议，所以今天学生们罢课了。他方才去交涉去了，刚回来。这不就听到了上课的声音，所以很是惊奇。他来到教室外边，通过窗户看到教室里有同学在听课。这时陶岚在窗边站着，陶慕侃看着陶岚问道："学生们是你找来的？"陶岚答道："是，你交涉的怎么样？"陶岚反问道。陶慕侃答道："毫无结果，他们说罢课是家长们抗议的表示……""胡说，"听陶慕侃这么说，陶岚有些生气，"刚才我到同学们家里去了，有的家长不知道接到了什么人的通知，说老师病了，放假一天。"明明是部分人从中作梗，现在却拿学生当挡箭牌，太无耻了。

☆"这很明显，是有人同我们作对！"陶校长对陶岚说："为了神圣的教育，为了我和涧秋的友谊，我们不能再顾及其他了。"陶岚高兴地说："这才是我的好哥哥！"

　　"这很明显嘛，背后是有人同我们作对！手段很卑鄙！"陶慕侃对妹妹说道。"但是，今天我们得胜了。"陶岚兴奋又激动地说道。"嗯，为了神圣的教育，为了我跟涧秋的友谊，我不能再顾忌其他了。"陶慕侃边说边单手握拳捶了捶自己的胸膛。听陶慕侃这样说，陶岚很是开心，高兴地抓住陶慕侃的手使劲晃动着说："对啊，这才是我的好哥哥呢！"陶岚始终以为哥哥陶慕侃会迫于社会舆论、流言蜚语以及镇长的某种压力，而为难萧涧秋，这样可能导致的直接结果就是，萧涧秋离开芙蓉镇。这个结果是陶岚所不希望看到的，她不希望萧涧秋这样的好人因为所谓的"社会舆论"而改变自己的初衷。现在，陶岚看到哥哥的表态，自己也很是感动。只要他们大家一起与"邪恶势力做斗争"，相信没有战胜不了的困难，相信所谓的流言蜚语和种种谣言也会不攻自破。此时的陶岚为萧涧秋高兴，为自己高兴，更为自己拥有这样一个开明的哥哥而高兴。

　　"风儿吹，树儿摇，太阳在空中微笑。鸟儿叫，花儿香，月亮在云里睡大觉……"一天放学后，同学们簇拥着萧涧秋，一起走在去往萧涧秋房间的走廊里，大家欢快地唱着歌，无比开心。原来大家是要到萧涧秋的房间去领批阅过的作业簿，萧涧秋将大家的作业簿一本一本发给本人，同学们一边翻看着作业簿，一边在萧涧秋的房间里嬉戏。有的同学拿起老师桌上的动物模型在认真地把玩，有的说这是骆驼，有的说是野马……大家好不开心。萧涧秋看到学生们进步很大，很是开心。特别是王富生，以前由于要照顾家里，每天起早去砍柴，导致成绩被拉下了很多。但是现在在萧涧秋的指导下，王富生进步很大，他自己很高兴，同学们也都替他高兴，萧涧秋更加高兴。从王富生身上，他看到了一个农村孩子的勤奋、刻苦，真是穷人的孩子早当家，特别是现在看到王富生的成绩比以前进步很多，萧涧秋也由衷地高兴，一扫近日的不快。

　　同学们领了作业簿后陆陆续续地离开了萧涧秋的房间。

☆一天放学后，萧涧秋把学生们带到自己的房间，发给他们作业簿。
王福生进步很大，他自己高兴，同学们替他高兴，萧涧秋更加高
兴。

☆学生们走后，萧涧秋赶往西村去探视阿宝的病情，在桥头却远远
看见陶岚从西村走来。

萧涧秋整理了下屋子，收拾了下凌乱的房间，然后从抽屉里拿出两个桔子放进了衣服兜里，走出了房间。萧涧秋想去西村看看阿宝的病情如何。这时，陶岚正从西村走来，与萧涧秋正好在西村的桥头碰上了。陶岚其实也和萧涧秋一样，有一颗博爱的心。她也很是同情穷苦的孩子，特别是看到文嫂一家的境况，她心里也很是难过，从自己内心也希望能帮助她们一家渡过难关。只是限于自己的家庭情况，哥哥又是芙蓉镇中学的校长，自己过于抛头露面也不好。再说自己平时也很少走出家门，去了解外边的世界，所以对好多事情并不知晓。但自从萧涧秋来到芙蓉镇中学后，陶岚从他身上看到和学到了好多。通过萧涧秋，陶岚学会了去了解世界，了解社会。从萧涧秋身上，陶岚看到了一个人的根本良知，也看到了自己的不足与缺点。特别是从萧涧秋帮助文嫂一家的这件事情上，萧涧秋不顾流言蜚语，毅然决然地去帮助她们，这让陶岚很是感动。

"你什么时候来的？"远远的，萧涧秋看到陶岚就一边大步走过来，一边问道。陶岚看着萧涧秋，并没有说话，而是难过地低下头，默默地走着。萧涧秋看着情绪低落，满是悲痛的陶岚，关切地问道："出了什么事了？"陶岚拖着略显疲惫的身体，来到桥边的小凉亭，慢慢地坐在了石阶上。陶岚深情地望着萧涧秋，伤心地说："孩子死了……""死了？"萧涧秋听到这个噩耗，相当惊讶。明明阿宝已经好了呀，前两天不是已经有所好转么？怎么说没就没了呢？陶岚看着萧涧秋惊呆的表情，痛苦地说道："两个钟头以前，我到阿宝家里，已经是孩子喘的最后一口气的时候。"陶岚越说越哽咽："孩子的喉咙被堵塞住了，眼睛一动不动，都不会看他母亲了。我紧紧地拉住了孩子的手，眼看着他不行了……"说着，陶岚已经泣不成声了。陶岚长这么大，第一次看到这种生离死别，特别是看到阿宝痛苦的表情，让陶岚很是难受。

西村文嫂家里，文嫂正在静静地收拾着阿宝的衣物，

☆陶岚默默地看着萧涧秋，难过地低下头，无力地坐下了。萧涧秋急切地问："出什么事了？"陶岚沉重地说："阿宝死了。我到文嫂家看孩子时，只剩下最后一口气了。"

☆萧涧秋走进文嫂家，只见昏暗的小屋里零乱空荡，显得异常凄惨。

将所有阿宝用过的东西，和阿宝有关的物品，都一件不剩地收拾了起来。采莲默默地站在一旁看着，一句话也不说。文嫂也已经没有力气再哭泣了，心痛已经过去，留下的只是麻木。丈夫的阵亡已经让文嫂伤心不已，留下孤儿寡母的三个人相依为命。本来家境都不好，生计都难以解决，幸亏遇到了萧涧秋的帮助，才让苦不堪言的生活得以延续。还让采莲有学可上，有书可读。现在倒好，家里唯一的希望阿宝也去世了。这让本来就雪上加霜的文嫂更是难受不已。现在阿宝也走了，生活的意义对于文嫂来说已经不复存在，活着对文嫂来说已经没有一点价值。她现在已经彻底麻木了……萧涧秋急急忙忙赶到了文嫂家，推开虚掩的门，只见昏暗的小屋内相当的零乱空荡，桌子上堆着乱七八糟的东西，椅子也横七竖八乱放着。地上也零乱地放着一些无关紧要的东西，显得异常凄惨。

文嫂抬头看了看萧涧秋，就再也无法控制住内心深处的悲痛，伏在桌上大哭起来了。文嫂是个坚强的女人，丈夫李志豪阵亡，她也只是开始难受，伤心地哭泣了。但接下来慢慢地接受了，也就不觉得难过了。因为在她的眼中，李志豪一直就四处奔波，最后加入了革命军，也是长年四处征战，一直也没在她们母子身边陪伴过。所以说李志豪的阵亡，只是让她心理上感觉失去了丈夫，失去了李志豪，但实际生活中除了没有了生活来源，其他并没有太多的改变。丈夫的去世，让文嫂将全部的希望都寄托在了孩子们身上，特别是作为男孩的阿宝身上。但是现在却一切都没有了，唯一的希望也没有了，阿宝也走了。这让本来就生活没有生机与希望的这个破落的家庭更是彻底丧失了希望。本来，文嫂一直在强忍着不让自已哭泣，她不想让年少的采莲在童年的记忆中拥有的只是比同龄人更多的痛苦回忆，她希望采莲以后能过得幸福。可是当文嫂看到萧涧秋，这个好人，这个一直热心帮助她们一家三口的人时，还是忍不住哭了。萧涧秋也不知道说什么好，只是安慰她道："过

去的事情都已经过去了，你就不要再去想了。"

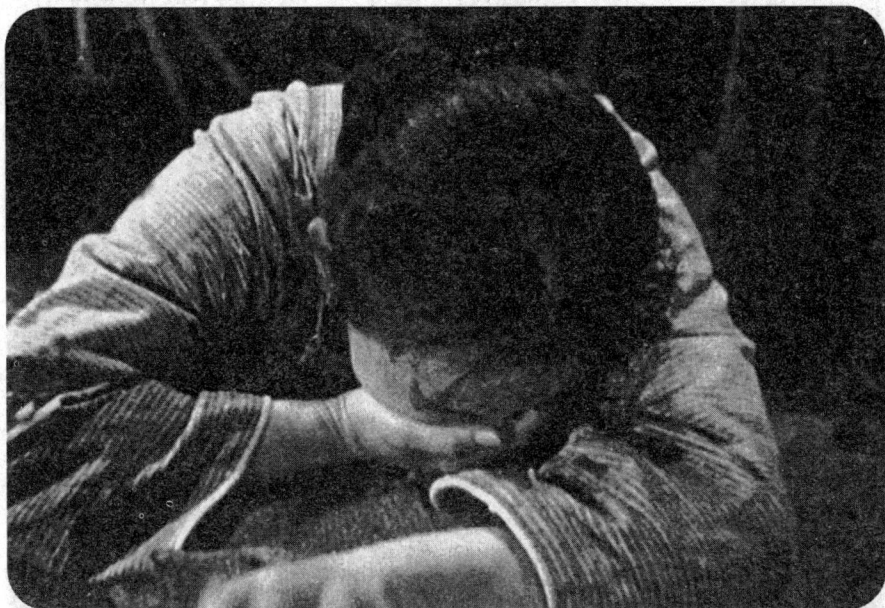

☆文嫂抬头看了看萧涧秋，就再也控制不住心中的悲痛，伏在桌上哭了起来。萧涧秋安慰她说："过去的事情都过去了。"

　　看着爬在桌子上痛苦的文嫂，萧涧秋接着说道："文嫂，你要多为将来想一想，好好想想以后怎么生活。"听了萧涧秋的话，文嫂哽咽着说："萧先生，我……我正在想……""你是怎么想的呢？"萧涧秋关心地问道。文嫂目光呆滞地说道："已经都这样了……我的路，走完了……""你怎么这么想呢？"萧涧秋惊讶文嫂的回答。萧涧秋见文嫂没有说话，顿了一下，继续说道："也许我的话说得重了一点儿，这样小的一个孩子，已经死了也就算了。你做母亲的，就是陪着他去，又有什么用呢？文嫂，我们活着，就要和命运苦斗下去，绝不能退让。文嫂，你千万要听我的话……"萧涧秋此时能理解文嫂的心情，但却不知道通过何种方式来安慰她。他知道这个孩子在文嫂心中的地位，

再说文嫂已经失去丈夫了，阿宝已经是文嫂生活的唯一希望和根本动力，但是，现在希望也没了。文嫂原本已经脆弱的神经更加单薄……

☆接着又说："还是想想以后怎么生活吧。"文嫂异常平静地说："以后……我的路，走完了……"

文嫂望着萧涧秋，满怀感激地说道："萧先生，我感谢你的恩德。我以前总希望等阿宝长大了来报你的恩，可是现在孩子死了，我的想法也彻底完了。"说完文嫂便痛苦地哭泣起来。"你不要再说这样的话了，"萧涧秋看着痛哭的文嫂，又看看呆站在那里一动不动一言不发的采莲，对文嫂说道："你应该多为采莲想一想啊。""采莲……"听到萧涧秋提到采莲，文嫂才机械地重复了一句，然后抬起僵硬的头朝站在那里，仿佛已经被吓傻了的采莲看了看。采莲还好，她是个懂事的孩子，尽管她还不能完全意义上理解人生老病死的意义，但她知道弟弟永远地离开了她和母亲，

再也回不来了。她现在也已经被母亲的状态和表情吓傻了，呆呆地站在那里。萧涧秋望着可怜的采莲，慢慢地走了过去。采莲看到萧涧秋，紧紧地抱住了他，萧涧秋也紧紧地抱着采莲。看到此景，文嫂用乞求的语气对萧涧秋说道："你能收她做个丫头吗？"

☆文嫂感激地说："先生，我感谢你的恩德。我以前总希望等阿宝长大了来报你的恩，现在孩子死了，我的想法也完了。"她看了采莲一眼，"你能收采莲去做你的丫头吗？"

　　萧涧秋听文嫂这样说，很是生气，责备地说道："你怎么能够说出这样的话来呢？"萧涧秋看着爬在怀里伤心痛哭的采莲，对文嫂又说道："阿宝死了，可是为了采莲，为了这个家，你也应该好好地活下去啊！""可是……"文嫂哽咽着说道："活下去，你叫我怎么……"文嫂没有说完就又趴在桌子上哭泣起来。萧涧秋放开紧抱着采莲的双手，在凌乱的屋子里不停地踱步。他一会儿看看趴在桌上悲痛欲

绝的文嫂，一会儿又看看站在屋里哭泣的采莲，也不知如何是好。终于，萧涧秋将想说却感觉不方便说，不好意思说的话说出了口："文嫂，你还年轻，你可以改嫁。"听了萧涧秋的话，文嫂吃惊地看了看他，萧涧秋继续道："文嫂，听我的话吧，日子总会好起来的。只要能找个相当的人……"听了萧涧秋的这番话，文嫂迟疑了一下，摇摇头，又伤心地哭了起来。萧涧秋看着又哭泣起来的文嫂，一时也不知如何是好。

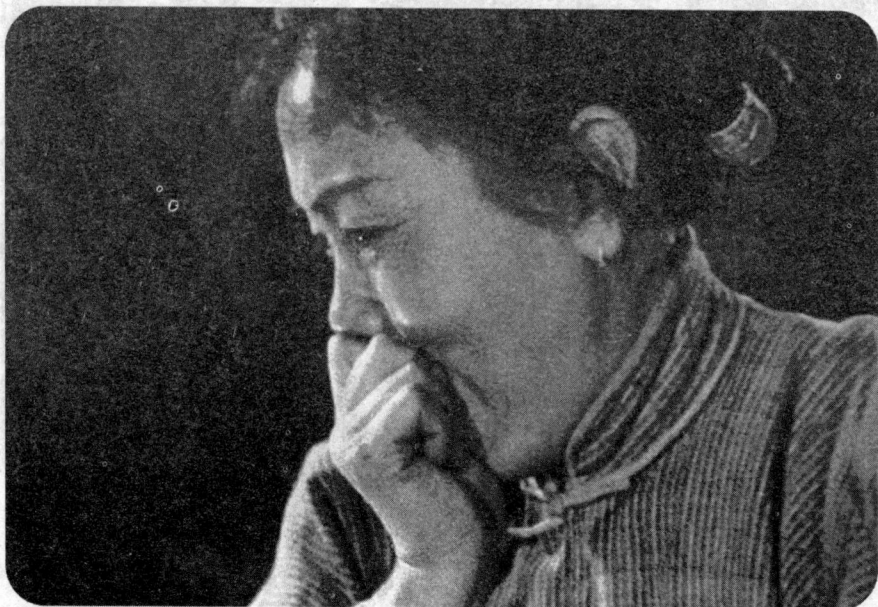

☆萧涧秋责备地说："哪能这样说呢！你和采莲总是要好好活下去的呀！"终于他说出了口，"你还年轻，可以改嫁。"文嫂迟疑了一下，摇摇头，又伤心地哭了起来。

第九章 重大决定

　　天已经黑了，萧涧秋拖着无尽的烦忧与担心走在回学校的路上。夜色朦胧，一轮残月斜挂在树梢，淡淡的月光并不能完全透过厚厚的阴霾，让夜被所谓的黑暗所控制着。路边的柳树静静地站着，一动不动，白天让人倍感温煦的和风已经荡然无存。死一般的河水静静地躺在那里，看不出，也听不到丝毫的流动。在死一样的河中，斑驳的残月若隐若现。萧涧秋就走在这样的晚上，这样的路上。他的脑子里除了文嫂哭泣的身影，还有的就是可怜的采莲，还有那残破不堪的屋子。萧涧秋拖着沉重的步伐，胡思乱想

☆萧涧秋一路胡思乱想地回到了学校。猛然，一个想法出现在他的脑海里。

地就这样一步一步挪动着。此时此刻，他深深地感觉到了文嫂的悲惨和不幸以及无助与绝望。他很想能为她，为她这个可怜的家做些什么。文嫂悲痛欲绝的表情深深地印在萧涧秋的脑海，采莲站在那里傻傻地愣着，任凭弱小的心灵遭受着无情的撞击……这一幕幕在萧涧秋的脑海中不停地涌现着，突然，一个不可思议的想法出现在他的脑海里。

回到房间，萧涧秋急于想将这个想法告诉陶岚，但是他又苦于用什么方式来告诉陶岚。如果直接面对面去说，去交流，萧涧秋感觉自己难以启齿，无法说出口。另外陶岚可能也会无法接受，尽管决定权在自己，自己只是告诉她，但他还是不想看到陶岚伤心的样子。思来想去，萧涧秋还是想通过写信的方式来告诉陶岚。他从抽屉里拿出信纸和毛笔，在桌子上铺好，可是刚写了两行字，就又被抹掉了。其实连萧涧秋自己都无法相信自己，能够做出这样

☆他要把这个想法告诉陶岚，可是刚写几个字又抹掉了。他心绪烦乱，放下笔，向荷花池边走去。

的决定。可是，尽管是权宜之计，但他还是决定这样做，为了文嫂，为了采莲，为了这个所谓的家。手中的笔总是在颤抖，思维也异常的凌乱。他一会儿托腮苦想，一会儿举头沉思，萧涧秋手中的笔始终无法在铺好的信纸上成行。心烦意乱的萧涧秋，索性放下了笔，慢慢走出了房间。借着这清冷的月光，一步一步地向荷花池边走去。此时此刻，此情此景，也许荷花池边是最清静的……

在荷花池边，萧涧秋望在朦胧的水面，静静地坐在了池边的石头上。此时，陶岚也正在找寻着萧涧秋，她知道他由于文嫂家的事情正在烦恼，所以特地来看看他，希望自己能帮助他。陶岚先来到了萧涧秋的房间内，灯亮着，屋子里却空无一人。陶岚看到了桌子上铺着的信纸，看到了写给自己的刚写了两行的又被抹掉的信。看着桌上的信

☆陶岚来到他面前，轻轻地说："涧秋，你在给我写信？""我写不下去。""我已经站在你面前了，能对我说吗？"萧涧秋欲言又止："我在考虑……"

纸，仿佛陶岚已经看到了萧涧秋心绪烦乱的内心。想起多年前萧涧秋深夜在西湖边的那一幕，担心此时萧涧秋会有什么意外，陶岚忙打开窗户四处张望。借着朦胧的月光和水面的影子，依稀看到荷花池边有个人呆呆地坐在那里。"涧秋！"陶岚大声地喊着。很快，陶岚就来到了萧涧秋的面前，她深情地望着萧涧秋，轻轻地说："涧秋，你是在给我写信吗？怎么又不写下去了呢？"萧涧秋看着陶岚，怯怯地说："我写不下去。""这有什么。"陶岚不以为然。"心里怎么想的，就怎么说好了。我现在就站在你的面前了，能对我说么？"说完陶岚坐在了石头上。萧涧秋看着如此善良的陶岚，欲言又止。

陶岚见萧涧秋说不出口，便又说道："要是你觉得还是写信方便的话，那你就写吧。"陶岚以为萧涧秋有些难为

☆萧涧秋把目光转向别处，说："我相信你是会同意也会谅解的，关于采莲和她母亲，我必须用根本的方法救济他们。"停顿了一下，艰难地说："我决定娶她。"

— 182 —

情，不好意思说出来，所以才说这句话。说罢陶岚便站了起来，好像是要离开。见此，萧涧秋突然鼓足了勇气说道："不！"听到萧涧秋的叫声，陶岚停住了脚步，扭过头来，看着萧涧秋道："那你就说吧！"萧涧秋知道迟早都是要说的，既然自己写不出来，那就只好当面说了，他终于鼓足勇气，慢慢地朝陶岚走近了几步，然后双眼看着被微风掠过荡起层层涟漪的水面说道："我相信你是会同意也会谅解的，因为你和我具有同样的思想。"陶岚尽管还不明白萧涧秋到底要说什么，却冥冥之中有了某种预感，她看着萧涧秋异样的表情，说道："你说吧！"萧涧秋继续说道："关于采莲和她的母亲，我们必须用根本的方法救济他们。"略微停顿了一下，萧涧秋艰难地说道："我决定娶她，让她做我的妻子……"

萧涧秋的这句话，犹如一个晴天霹雳，让陶岚措手不及。陶岚怀疑自己的耳朵是不是听错了，还是萧涧秋的脑子出问题了，她彻底地惊呆了。陶岚听了萧涧秋的话，久久地惊讶，她用颤抖的声音问萧涧秋："怎么？你真的是这么想的么？"萧涧秋也不正视陶岚那清纯的目光，他低声地说道："是的，文嫂现在绝望得很。我实在是想不出比这更好的办法来！岚，原谅我吧！"陶岚望着萧涧秋，眼睛里浸满了泪水。她不知道自己怎么了，更不知道萧涧秋怎么了。为什么要做出如此的决定，难道只有这样才能帮助文嫂么？难道除了娶她就没有别的方式的么？也许有吧，可是，此时此刻，陶岚无比伤心。萧涧秋望了一眼低头不语的陶岚，说道："如果你同意的话，明天我就去跟她说。"陶岚看着萧涧秋，激动地说道："你爱她吗？"萧涧秋强忍着泪水点了点头。"不！"陶岚已经看出来了，萧涧秋这不是爱。"你这是同情，不是爱！"说完哭着跑了。"岚……"萧涧秋看着远去的身影叫道，他的内心真实想法被陶岚一语道破……

萧涧秋站在静静的月光下，感觉自己的世界也被这朦

☆陶岚有些发抖，问他是真的吗？他低声地说："我想不出比这更好的办法来。岚，原谅我吧！"陶岚激动地说："你爱她吗？你这是同情，不是爱！"说完哭着跑了。

☆萧涧秋想牺牲自己的幸福去解救文嫂，而陶岚的幸福却要被葬送。他苦恼极了，心烦意乱地走进卧室。没想到迎接他的却是钱正兴："萧先生，打扰了。"

胧的月光所笼罩。他想通过牺牲自己的幸福去解救文嫂，而陶岚的幸福却因此要被葬送。他苦恼极了，心烦意乱地往卧室走着。于他而言，没有什么再好的办法能帮助文嫂渡过难关，帮她支撑起这个家。只有找到一个值得依靠的人，才能给采莲和文嫂一个安全的家。但是目前文嫂的这种境况，又上哪里去找这样一个合适的人呢？文嫂的丈夫战死了，小儿子也生病死了，现在还有一个刚懂事的小姑娘，家境还很落魄……这些都是阻碍文嫂前进的步伐。但是，当务之急，如果没有一个人出现，来拯救这个家，那么，有可能这个家就彻底坍塌了。萧涧秋认为，此时此刻，也许只有自己是最合适的人选了。自己单身，还有一份相对稳定的工作……也许真的只有这样才能挽救这一家人吧。怀着如此烦恼的心情，萧涧秋回到了卧室，推门进去，没想到迎接他的却是钱正兴："对不起，萧先生，打扰了。"

萧涧秋望着这个不招人待见的钱正兴，愤愤地问道："你找我有什么事么？"钱正兴双手一摊说道："没有什么，就是想找你随便聊聊。"萧涧秋本来就不喜欢钱正兴这种凭借自己家有钱就看不起别人的势利人，所以平时也很少跟这种人打交道。再加上刚才自己正在烦恼之中，所以对钱正兴的出现很是反感。萧涧秋若无其事地坐到了椅子上，看着无事不登三宝殿的钱正兴，然后故意问道："钱先生，你有什么'消息'要告诉我么？""啊，消息？"钱正兴被萧涧秋的这句话吓了一跳。萧涧秋不紧不慢的解释道："比如说，外界的舆论。"听萧涧秋如此一说，钱正兴倒觉得有些不好意思地嬉笑着说道："有什么舆论啊。我们镇上的人对萧先生是相当敬重的。虽然萧先生到我们芙蓉镇还不到两个月，可是萧先生的大名，连一般的孩子们都知道了。"听了钱正兴的话，萧涧秋从椅子上站了起来，冷笑了一声，然后对他说道："照你这样说，我在这儿生活得很愉快喽！"这时钱正兴也从椅子上站了起来说道："假如萧先生以为在

这儿生活得很愉快，我倒希望萧先生永远住下去。""住下去？"萧涧秋反问道。钱正兴点了点了。"能吗？"萧涧秋又笑着问道。"当然可以。"钱正兴大声说道，"所以我想问一问，萧先生有心想组织一个家庭么？"萧涧秋看着钱正兴问道："你这是什么意思？""没什么，随便问问。"钱正兴又在椅子上坐下了。"那你就不必问了！"萧涧秋有些生气地从椅子上站了起来，不停地在屋子里踱步。"你又何必瞒我呢？"钱正兴皮笑肉不笑地说道："外界都说你看上了西村的文嫂。"萧涧秋看着钱正兴，愤怒地说道："我另有所爱！"听了萧涧秋的话，钱正兴忙问道："是谁？"萧涧秋大声喊道："是陶慕侃的妹妹，陶岚！"

☆钱正兴问："萧先生有心要组织一个家庭吗？外界都说你看上了西村的文嫂。"萧涧秋愤怒地说："我另有所爱！"钱正兴忙问："谁？"他大声喊道："陶岚！"

钱正兴没想到萧涧秋如此回答，正是弄个自讨没趣。自己本来是看萧涧秋的笑话的，最后反而让自己成了萧涧

秋的笑话。钱正兴坐在椅子上久久没有说话，沉默了片刻后，萧涧秋看不惯钱正兴的为人处世，便大步迈向门口准备出去。"你不要走！"钱正兴忙站了起来，然后快步走过去用恳求的语气对萧涧秋说道："萧先生，你不是常常说，要同情可怜的人，你同情我一点儿好不好？"听到钱正兴如此说，萧涧秋鼻子里"哼"了一声，不屑地将头扭到了一边。"你把陶岚让给我吧……"钱正兴一副可怜巴巴的样子。"真无聊！"萧涧秋越听越有气，便直接大步走出了房间。钱正兴见状，忙追了出来，"萧先生，我请求你，我一生的痛苦与幸福都关系在你身上。你只要同意了，我一定要报答你。你假如要和文嫂结婚，组成家庭，我愿意，我愿意帮助你一千块钱……""不要说了，你给我走开！"说完，萧涧秋扔下钱正兴，气得一个人走开了。

☆沉默了片刻，钱正兴恳求道："萧先生，我请求你，我一生的痛苦与幸福都关系在你身上。你和文嫂组成家庭，我愿以一千元相助。"萧涧秋愤怒地说："请你给我出去！"

　　第二天，天气不错，万里无云，阳光明媚。孩子们都按时来到了学校上学，只见王富生拉着采莲走在人群中间。进了校园，王富生松开采莲的手说道："好了，你快去教室上课吧，我也去上课了。""谢谢福生哥，再见！"小采莲懂事地和王富生告别后跑向了教室。在小学部门口，萧涧秋看到采莲来上学了，忙远远地招呼她："采莲……""萧伯伯……"听到萧涧秋的叫声，采莲忙跑了过来。萧涧秋看着采莲，蹲下身子抚摸着采莲的肩膀问道："你怎么来了？"懂事的采莲天真地说道："妈妈叫我来上学，还给我换了新衣裳。"采莲一边说一边将身上的衣服拉起来让萧涧秋看。萧涧秋摸了摸采莲的新衣服，又问道："妈妈还哭么？"采莲说："不哭了……""叮铃铃……"这时上课铃响了，萧涧秋忙对采莲说："该上课了，你先去上课吧。回头中午我

☆第二天一早，采莲来上学了。萧涧秋问她："妈妈还哭吗？"采莲说："不哭了。妈妈还给我换了新衣裳。"萧涧秋告诉她中午要同她一块看妈妈去，说完就上课去了。

跟你一块儿去看妈妈去。"采莲高兴地答应了一声，然后去
上课了。萧涧秋也走进了教室给学生们上课。

　　课后，教务室里，方谋等教员正在聊天，就听方谋说
道："如果革命军北伐的话，不出一年，江浙一带，必有大
战！""以我所看，江西定是首当其冲，孙传芳的部队是不
堪一击的。"一个穿灰色长衫留分头的教员说道。"如果江
西守不住的话，那么江浙一带，也就难保啦！"坐在椅子上
正在看报纸的一名教员说道。正说着，萧涧秋回到了教务
室，方谋拦住他说："正好萧先生来了，还是请你发表发表
高论吧！"这时坐在椅子上正在看报纸的教员拿着报纸对萧
涧秋说道："萧先生，你看，广州政府准备兴师北伐啦。"
"哦！"萧涧秋接过了报纸看了起来。"你说陈传芳会不会死
守江浙……""他想守也守不住……""这帮军阀太腐败了，

☆课后，陶慕侃走近萧涧秋问："我妹妹说她从此不嫁人了，又说你要结婚
了，昨晚她哭了一夜。这是怎么回事？把我闷在葫芦里，莫名其妙。"众
人目光一齐投向了萧涧秋。

也太不得人心了……"几个教员你一言我一语不停地议论着。这时陶校长进来了，看到萧涧秋正在看报纸，拉了他向靠近门口的地方走了几步说："涧秋，我问你一桩事情。昨天晚上，我妹妹哭了一夜，我问母亲说这是为什么。母亲说，妹妹说从此不嫁人了，因为萧先生要结婚了，这岂不是怪事么？你要结婚，而妹妹又说从此不嫁人了，这究竟是怎么回事？"

萧涧秋听着陶慕侃的话，看着教务室里的同事们，轻描淡写地说道："我自己也不知道。"这时方谋围了上来，问陶校长："那么，萧先生是跟谁结婚呢？"陶校长听了方谋的问题，看了看萧涧秋，然后对方谋道："你问他吧！"方谋走到萧涧秋面前，刚要问，萧涧秋头也没抬说道："请你去问将来吧！""回答的真妙啊！"方谋叫道。陶校长看着

☆"不用奇怪，未来自然会告诉你们的，至于现在，我自己也不太清楚。"萧涧秋满脸不悦。陶校长提醒他说："你这样做事要失败的。"萧涧秋沉重地回答："也许是因为要失败我才这样做的。"陶校长摇了摇头。

萧涧秋说道："我这个做哥哥的，被弄得莫名其妙。"听陶慕侃这样说，萧涧秋轻声说道："不用奇怪吧，未来自然会告诉你们的。"陶慕侃望着萧涧秋，顿了顿萧涧秋满脸不悦地说道："至于现在，我自己也不是很清楚。"陶校长走过来，提醒他说："老朋友，我看你最近的态度，有些异样，你这样做事，是要失败的。就像我妹妹的脾气，你为什么要学她呢？"萧涧秋沉重地回答："也许要失败，也许正是因为要失败我才这样做的。""全不懂，全不懂……"陶校长听了萧涧秋话一头雾水，不停地摇头。

萧涧秋此时理解陶校长的心情，也明白他的不懂。其实连自己都搞不懂，他又怎么能懂呢？再说自己和陶岚的性格还是不一样的，陶岚是个敢爱敢恨，很有脾气秉性的姑娘。只要是她认准了的事，会一条道走到黑。萧涧秋相对于陶岚，可能理性要大于感性。尽管他心中也有真爱，可是他可以为了别人，特别是与别人的生死有关系时，能

☆正在这时，校工阿荣领着西村的陈奶奶进了教务室，朝着萧涧秋走来。

够舍身而出，这就萧涧秋。萧涧秋坐在桌前，桌上铺着信纸，手里拿着蘸好墨汁的毛笔，他努力让自己的心平静下来……正在这时，校工阿荣领着一个老太太走进了教务室，推开门，阿荣看着正在写字的萧涧秋说道："萧先生，有人找你。"

萧涧秋忙停止了写字，手里拿着毛笔，循声望去，一看是校工阿荣，后边还跟着一个老太太。仔细一瞅，这个老太太不是西村的陈奶奶么，自己在文嫂家时见过她，常帮助文嫂一家。"什么事儿呀？"萧涧秋望着跑进来的陈奶奶，关切地问道。陈奶奶见到萧涧秋，嘴唇一直打着，半天才说出话来："萧先生，快，采莲的妈妈上吊死了！"听到这个噩耗，萧涧秋震惊了，蹭的一下子从椅子上站了起来。教务室的其他教员也都被这个突如其来的消息惊呆了。

☆她见到萧涧秋，嘴唇打着颤，半天才说出话来："萧先生，采莲在哪儿呢？她妈妈上吊死了！"犹如晴天霹雳，瞬间清醒后萧涧秋说道："不用叫采莲，我跟你去。"

萧涧秋站在桌前，久久没有说出话来。陈奶奶看着萧涧秋说道："萧先生，采莲在哪儿呢？我去找她，好让她哭她妈妈几声儿……""哦……不用了吧……"萧涧秋的话有些语无伦次。萧涧秋颤颤巍巍地好半天才将手中的毛笔插入笔套，然后对陈奶奶说："好，我跟你去一趟。"陈奶奶，听萧涧秋这样说，好像心眼里有底了，答应了一声，然后两人就往门外走。临出门时，萧涧秋停住脚步，转回身对陶校长说道："慕侃，麻烦你放学后把采莲先带到你家里去吧。""好，你快去吧。"陶慕侃答应了。萧涧秋急急忙忙就出去了。

　　在去文嫂家的路上，萧涧秋的内心很是难过。自己担心的事情还是发生了，自己还没来得及告诉文嫂自己要娶她，一切都晚了。也许文嫂不会接受自己，但是自己确实

☆文嫂家已是满目凄凉。这个善良的女性，用死来求得解脱，来控诉这个不平等的社会！令萧涧秋悲伤的是他已竭尽全力，却无法从根本上帮助文嫂一家。

想帮助文嫂，帮助采莲，他不想看到这样一个好端端的家因为丈夫和儿子的先后离世而最后导致家破人亡。尽管萧涧秋已经意识到文嫂也许会走这一步，但那只是刹那间的一个念头，没想到文嫂真的这样做了。一路上，萧涧秋大步如飞，脑子里总是浮现出文嫂泪流满面的表情。文嫂家院子里已经围了好多乡亲，萧涧秋冲过众人，推开房门，屋子里满目疮痍，很是凄凉。望着身体已经冰凉的文嫂，萧涧秋悲痛之极。这个善良的女性，用死来求得解脱，来控诉这个不平等的社会！令萧涧秋悲伤的是他已竭尽全力，却仍然无法从根本上帮助文嫂一家。

放学后，采莲被陶校长带回了家里。陶岚听哥哥说了文嫂上吊的事情，她两眼含着泪水，坐在钢琴前，悲伤地弹着钢琴，想让这高低起伏的音节来抒发她心中的痛苦和

☆黄昏时，陶岚两眼含泪，悲伤地弹着钢琴，抒发她心中的痛苦和郁闷。被带到她家的采莲还不知道自己已经没有妈妈了，痴痴地注视着陶岚的表情。

郁闷。此时小采莲静静地站在旁边，她还不知道自己已经没有妈妈了，只是痴痴地注视着陶岚的表情。采莲的手里，捧着陶岚给她的桔子。桔子橙黄橙黄的，肯定很甜，陶岚知道采莲最爱吃的就是桔子。此时此刻，陶岚希望采莲能够坚强……采莲听着节奏凄婉的音乐，慢慢走到了陶岚面前，不知采莲是被这曲折幽怨的乐曲所吸引，还是被陶岚那全神贯注的表情所吸引。陶岚强忍着泪水，任十个手指在黑白相间的钢琴键上翻滚着。她想让这悲壮的音乐，化解掉自己内心的悲伤。她知道萧涧秋一直在努力帮助文嫂一家，可文嫂还是就这样走了，留下了还不谙人世的小采莲。

这时，萧涧秋从采莲家回来了，他刚走进陶家的院子，就听到了钢琴的声音，是那么的凄婉。他放慢了脚步，轻

☆忽然，采莲看见萧涧秋回来了，忙跑过去拉住他的手说："萧伯伯，我要回家！"萧涧秋把采莲搂在怀里，心酸地说："你妈妈出远门了，以后你就跟着陶老师吧！"

轻推开了虚掩着的门，黄昏的阳光斜射进屋子，显得那么悲悯。萧涧秋看着陶岚和采莲，一个弹得投入，一个听得认真。他不忍心打扰她们，他便静静地在门口的椅子上坐了下来。"萧伯伯……"采莲还是看见是萧涧秋回来了，飞一般地跑了过去，边跑边喊："我要回家，回家找妈妈。"采莲紧紧地拉住了萧涧秋的手。萧涧秋望着可怜的采莲，将她紧紧地搂在了怀里。萧涧秋强忍着悲痛，心酸地说道："采莲，你妈妈出远门去了，以后你就跟陶老师吧！我们采莲，是最听话的孩子……"陶岚也停止了钢琴弹奏，看着可怜的采莲，听着萧涧秋的话，她实在忍不住，还是爬在钢琴上哭了。

晚饭时，陶慕侃正要给萧涧秋倒酒，萧涧秋用手捂住了酒杯，拒绝了。陶慕侃奇怪地问道："你明明是有酒量

☆晚饭时，方谋和另一位老师来了，陶校长请他们入席，方谋说："听说萧先生的酒量不小啊，今天我们要好好地较量较量！"萧涧秋一语双关地说："我哪是你们的对手啊！"

的，今天为什么又不喝了呢？"萧涧秋没有说话，静默着。陶岚站起来，从哥哥手中抢过酒壶，跑到萧涧秋身边，一边夺他手中的酒杯，一边用乞求地语气说道："你喝吧，喝醉了也好，也许你会舒畅一些。"说完便向夺过来的酒杯中倒了满满一杯酒。然后陶岚又给自己倒了一杯，陪萧涧秋干了一杯。正在这时，方谋和另一位老师来了，方谋进门就毫不客气地说："我们也想加入你们，喝一杯酒。""好，来吧，来吧，欢迎，欢迎！"陶校长忙起身欢迎，请他们入席。见有人来了，陶岚便退出了酒席，回到了自己的房间。刚坐定，方谋就看着萧涧秋说道："听说萧先生的酒量不小啊！今天我们要好好地较量较量！"方谋边说边拍了拍萧涧秋的胳膊。萧涧秋斜了他一眼，一语双关地说道："我哪儿是你们的对手啊！"

　　"方先生，喝酒！"陶校长将一杯酒递了过来。这时同

☆方谋说："儿子死了，母亲自杀，可算是母殉其子啊！你和文嫂完全是清白的，你是他们的恩人哪！他们原本早就要冻死的，幸亏你去救济他们，可这结局也是想不到的！"

方谋一起来的老师说道："刚才我们从街上来，家家都在议论西村的事情。人们都说，文嫂应当做节妇论啊！""嗯，她是个正派人，社会逼得她活不下去了。"陶校长说道。这时方谋道："采莲母亲的突然自杀啊，其实每个人听了都很敬佩，可真是妻殉其夫，母殉其子啊。"萧涧秋很是看不惯方谋这种嘴脸，人家文嫂尸骨未寒，他却在这里拿人家的事取乐。这时方谋又对萧涧秋说道："萧先生，我跟你说句心里话，以前啊，很多人误会你，而现在我知道，他们全都明白啦。"萧涧秋听方谋如此说，便故意问道："那是为什么呢？"方谋说道："事情不是很清楚嘛，要是你们…要是你们有什么的话，那她的孩子死了，这不是一个好机会吗？她为什么要自杀呢？由此可见，你和文嫂是完全清白的！"听了方谋的狗屁话，萧涧秋苦笑一声，端起酒杯，一饮而尽。方谋继续说着："谁都知道，你是他们的恩人啊！

☆萧涧秋气愤地说："我想不到的是，我没有救活他们，反而害死了他们。还想不到的是，有人背地冷言冷语，现在却为我举杯喝彩了。真是小人之心，小人之口！"

来，萧先生，我敬你一杯。"说完方谋端起了酒杯，"现在在我们镇上，无论男女老幼，都想见见你啊！"

听方谋如此说，萧涧秋很是生气，他怒目圆睁地看着方谋道："那可以让学校把我拿出去展览，让大家来参观嘛！"陶校长见状，忙端起酒杯说道："方先生，不谈这些，来，干了这杯。"说完便喝了一杯。方谋喝了这杯酒，但依然喋喋不休地对萧涧秋说道："你不要误会，我是完全敬佩你的呀，像你这样煞费苦心地去救济他们，实在是令人佩服啊！可是，这样的结果，是你萧先生料想不到的。"萧涧秋气愤地说："我想不到的是，我没有救活他们，反而害死了他们；我更没有想到的是，有人背后冷言冷语，现在却居然为我来举杯喝彩啦。来，我谢谢你的好意！"说着，萧涧秋端起酒杯站了起来，看着方谋。方谋一时不知如何是好，萧涧秋没等方谋理会，便自己一饮而尽。然后咬牙切齿地说道："真是小人之心，小人之口！"说完，将空酒杯重重地扔在了桌上。

第十章 投身革命

残酷的现实使萧涧秋看到，芙蓉镇并不是世外桃源。这寒气袭人的早春，使他终于病倒了。萧涧秋原本拥有健康的体魄，他经常和同学生们一起运动，健身。可是，芙蓉镇的人情冷暖，特别是文嫂一家的遭遇以及社会上的流言蜚语，深深地伤害了萧涧秋的内心。让这个堂堂的七尺男儿的心灵受到了重创，尽管这么多年走南闯北，但却未曾如此地劳心过。就像这当下的季节一样，春天来了，但

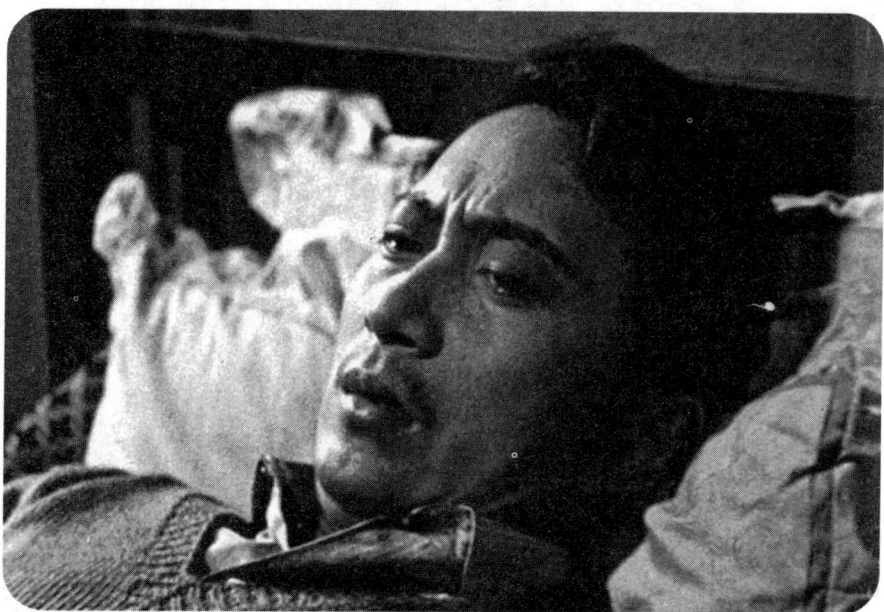

☆残酷的现实使萧涧秋看到，芙蓉镇并不是世外桃源。这寒气袭人的早春，使他终于病倒了。

— 203 —

春寒料峭，和煦的暖风和灿烂的阳光只属于中午。但倒春寒依然是可怕的，让你在沐浴春风的幸福中蓦然地感受那股寒流，禁不住浑身哆嗦。萧涧秋这样铮铮铁骨的汉子也倒下了，倒在了芙蓉镇的初春，倒在了芙蓉镇的流言蜚语中。

萧涧秋好几天没有去上课，陶岚看不到他，听哥哥说他生病了，便趁着课后来看他。此时的萧涧秋，穿着厚厚的衣服，蜷缩在床上，盖着厚厚的被子。他并没有睡觉，而是在沉思。看到陶岚来了，萧涧秋扭过了身子，陶岚关心地问道："现在感觉怎么样？"萧涧秋重重地叹了一口气说道："我真像做了一场噩梦一般。"萧涧秋这几天，常常回想起往事，觉得很是对不起陶岚，心里特别难受。陶岚附下身子，轻轻地抓住萧涧秋的胳膊说道："过去的事情，就让它过去吧，就不要再想它了。"萧涧秋望着眼前的陶岚，感慨万千，他紧紧抓住了陶岚的手，深情地望着她。

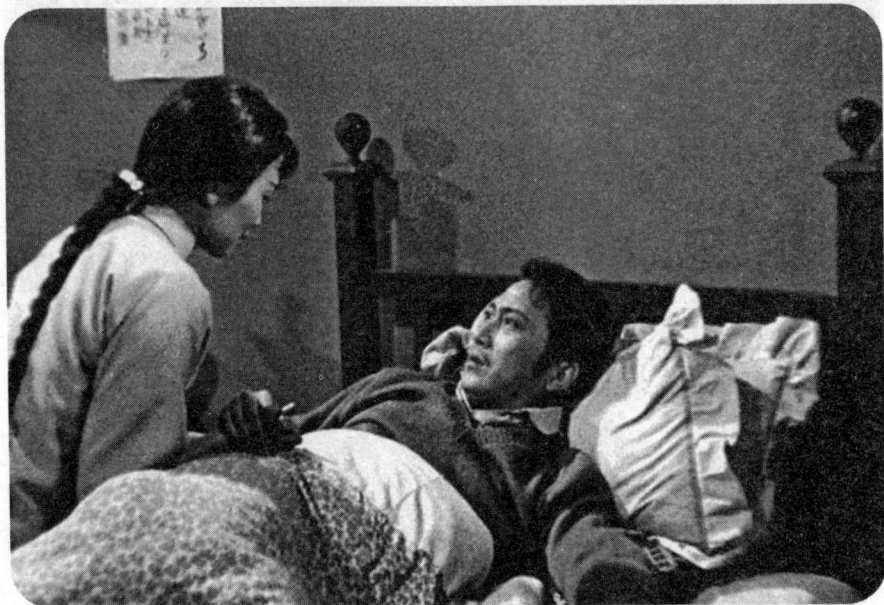

☆陶岚来看他，萧涧秋想起往事如梦，觉得对不起陶岚，心里很难受。

陶岚也坐在床边，双手紧紧握着萧涧秋的手。"岚，我对不起你！"萧涧秋终于说了出来，他对陶岚，有太多的愧疚。也许说出来，自己会开心些，会好受些。听他这样说，陶岚有些不好意思，她轻轻地抽出手，把头转过去说道："你别说这些了……"陶岚看着萧涧秋若有所想，便问道："你在想什么？""没什么，我有点儿不舒服。"萧涧秋轻轻地说。看着心爱的人难受的样子，陶岚很是不忍心，对他说道："我去拿点儿药来。""不用了，那桌子上就有。"萧涧秋忙坐起来告诉陶岚。

听萧涧秋这样说，陶岚便到桌子上去拿药，"在里边的那个抽屉里。"萧涧秋嘱咐道。就在这时，门轻轻地被推开了。只见王富生穿着那件蓝色的粗布长衫，戴着帽子，腋下夹着课本进来了。"萧老师……"王富生一边口中叫着，

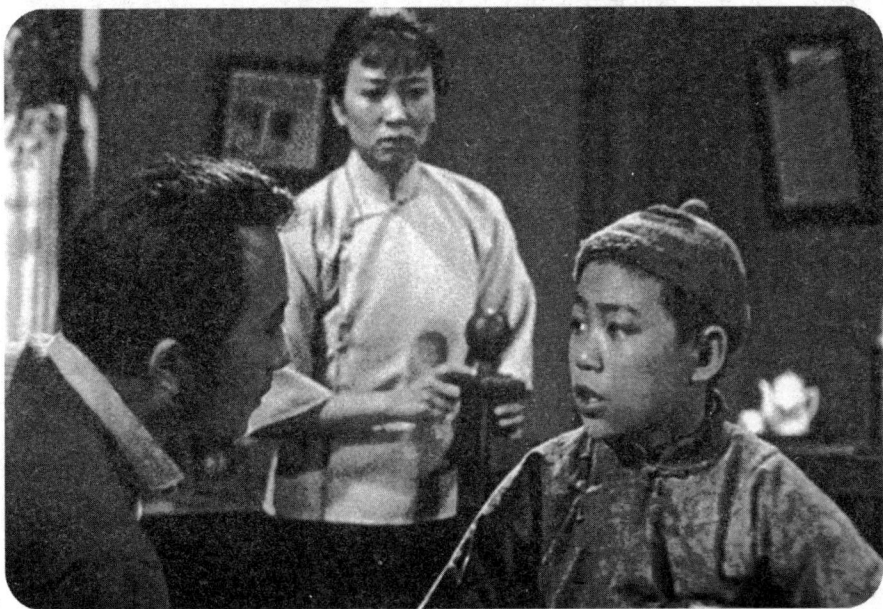

☆这时，王福生轻轻地推门进来。他特意来看望萧老师，并难过地说："我爸爸上山砍柴把腿摔断了，为了维持一家人的生活，我以后不能再上学了。"

一边鞠躬。"陶老师……"然后也给陶岚鞠了一躬。看着王富生，萧涧秋有些纳闷地问道："王富生，你怎么不去上课去呀？""听说老师病了，我来看看你。"王富生一边往床前走，一边说。"不要紧的。"萧涧秋拉住了王富生的手，示意他坐在床上。"明天早上我就可以给你们上课去了。"萧涧秋有气无力地说道。听了萧涧秋的话，王富生却哽咽着哭了。"你怎么了？"萧涧秋连忙问道。陶岚也端着水和药走了过来。"我以后不能再上学了。"王富生看着萧涧秋说道。"为什么呢？"萧涧秋问道，"是不是因为交不起学费？"王富生默不作声。萧涧秋看了陶岚一眼，然后对王富生说："有关学费的事，我可以跟校长去说一声。"陶岚也说道："我让哥哥免了他学费就是了。""不用了，"王富生站起来说道，"昨天爸爸上山砍柴把腿摔断了，为了维持一家人的生活，我以后不能再上学了。"

　　听了王富生的话，萧涧秋不知道说什么好。社会的不公平，导致了如此的情况。如果仅仅是学费问题，也许跟校长申请下，可以减少或免去。可是现在王富生面临的不单单是学费的问题，而是全家的生计。这一点萧涧秋无论如何也是不能彻底解决和帮助的。王富生在萧涧秋的眼里，是一个善良、勤劳、刻苦的孩子，为了替家里分担，每天那么早就起来随父亲上山砍柴，然后将柴挑到柴市上卖了，再去上学。这是何等的不易，这是一种担当。穷人的孩子早当家，的确是这样。现在王富生的父亲腿摔断了，不但挣不来钱了，还要看病拿药，这都是不小的开支，还有一家的生计，这所有的一切，都要靠这个才十多岁的孩子。萧涧秋不敢再往下想了，他又想起了文嫂家那凌乱的屋子和她那泪流满面的表情。陶岚也不知道该说什么，静静地站在那里。王富生往后退了两步，然后深深地鞠了一个躬，出去了。

　　望着王富生渐渐远去的背影，萧涧秋仿佛觉得头上又被铁棒猛击了一下，他紧皱着眉头沉默不语。他仿佛从富

☆王福生讲完，两位老师一时都说不出话来。王福生以感激的目光
看着他们，深深地鞠了一躬，走了。

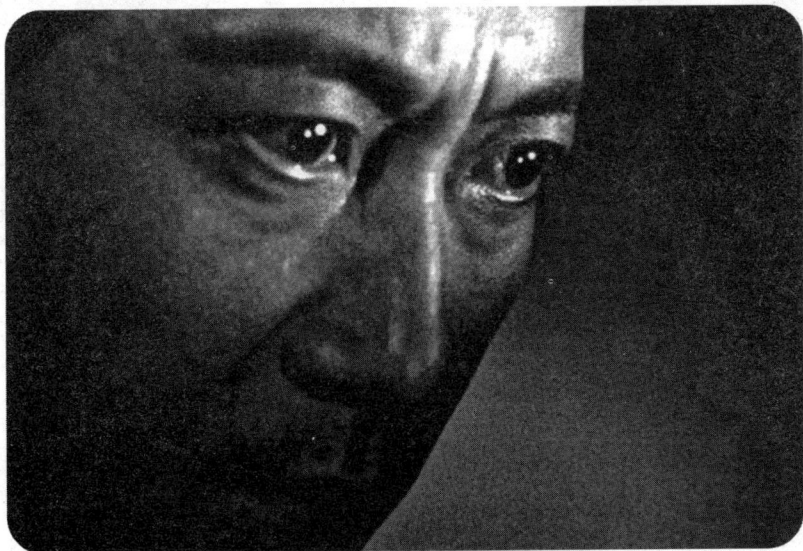

☆望着王富生的背影，萧涧秋仿佛觉得头上又被铁棒猛击了一下.
他紧皱眉头沉默不语。

生的脸上，已经看到了他的那份无奈与顽强。萧涧秋已经真正开始痛恨这个社会了，痛恨这个社会的不公平，痛恨这个社会上一些人的势力，痛恨一切想痛恨的。为什么偌大的一个芙蓉镇，却不是穷人的乐园。在芙蓉镇，虽然时间不长，但萧涧秋却经历了好多，无论是流言蜚语的中伤，还是无中生有的诋毁，抑或是生离死别的凄惨，都让萧涧秋又一次真正地感受和体验到了当前社会形势下人民生活的困苦。

在芙蓉镇，萧涧秋看到了陶岚的直爽与坚持，也看到了方谋的世俗与愚昧，还有钱正兴的资本主义嘴脸。从文嫂身上，他看到了一个传统中国妇女的自尊与无奈，从王富生身上，他看到了一个穷人家孩子的过早担当。萧涧秋曾经走南闯北多年，游历了大江南北无数地方，但在芙蓉

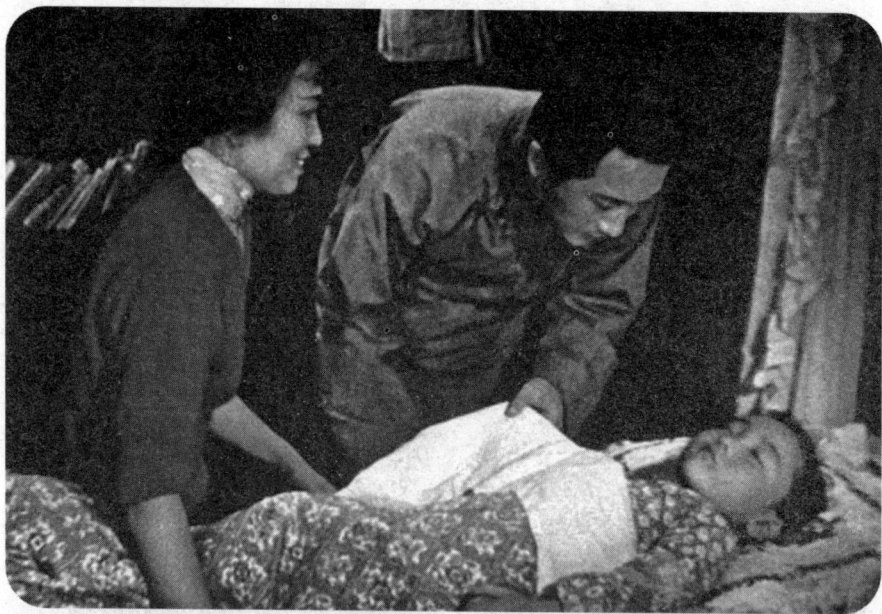

☆萧涧秋决心离开芙蓉镇。临行前他到陶岚家来看望采莲，他望着熟睡的采莲，对陶岚说："恐怕我一时照顾不了她，以后全部的责任都要委托给你了。"

镇短短的几个月，却让他感受如此之多。萧涧秋不停地在房间里来回走着，他思索着，琢磨着……最终，他决心离开芙蓉镇，去寻找真正属于自己的事业。透过文嫂，他仿佛已经看到了自己前进的方向。临行前，萧涧秋来到了陶家，看望采莲。采莲住在陶岚屋里，已经甜甜地睡着了，陶岚正在读书。"妹妹，睡了么？"陶慕侃在门外问道。陶岚开开门，看到是陶慕侃和萧涧秋，陶慕侃去准备夜宵了，萧涧秋进了陶岚的房间。萧涧秋看着熟睡的采莲，对陶岚说道："恐怕我一时照顾不了她，以后全部的责任都要委托给你了。"

　　陶岚很是敏感，感觉萧涧秋是话里有话，便问道："你这是什么意思？"萧涧秋说道："我这几天气闷的很，想到女佛山去休息几天，慕侃已经答应了。"陶岚刚张张嘴，想说什么，可又不知怎么说。过了片刻，陶岚对萧涧秋说道：

☆陶岚敏感地问："你这是什么意思？"萧涧秋告诉她，陶慕侃已经答应了他，到女佛山去休息几天。最后他意味深长地说："岚，等着吧，我们会有长长的未来的。"

"也好，那我陪你一块儿去！""不必了吧，我三五天就会回来的。"萧涧秋微笑着拒绝了。听他这样说，陶岚从床上站了起来，走过来说道："涧秋，无论如何，我不能让你一个人去。"萧涧秋望着陶岚关怀备至的表情说道："我一个人去，会更自由一些。"陶岚无奈地低下了头。这时，萧涧秋紧紧地抓住陶岚的手，放在胸口说："岚，等着吧，我们会有长长的未来的。"陶岚深情地望着萧涧秋……

　　第二天清晨，春光明媚，万里无云。河里的船儿在早早地忙碌着，路边的报春花已经不畏初春的寒冷，悄悄地绽放了，看上去，是那么的绚烂多彩，闻上去，是那么的沁人心脾。萧涧秋脱下了长衫，穿着一身中山装，一手提着小皮箱，一只胳膊上挽着外套。沿着菜花地的小路，轻快地向前走着。高挑的柳树，在春风中轻轻地舞动，仿佛

☆次日清晨，春光明媚。萧涧秋提着小皮箱，沿着菜花地的小路，轻快地朝前走去。他明白了：要想改变这个世界，靠一两个人的努力是无济于事的。

在与萧涧秋告别。此时的萧涧秋已经明白了，要想改变这个世界，光有想法但却没有行动是不行的，单单靠一两个人的努力也是无济于事的，只有投身革命的洪流，与更多的仁人志士，携手并肩，才能改变这个世界。

　　萧涧秋走了，陶岚和哥哥陶慕侃正在看萧涧秋留给她的信，信中说："我一踏进芙蓉镇，就像掉入了是非的漩涡，我几乎在这个漩涡里溺死。文嫂的自杀，王富生的退学，好像两根铁棒，猛击了我的头脑。使我晕眩，也使我清醒，也许从此中止了我的徘徊，我找到了一条该走的道路。那就是投身到时代的洪流中去……"陶岚从萧涧秋的信中，读懂了他，明白了他此时的所思所想所做。陶慕侃从妹妹手中接过信，嘴里喃喃着："涧秋跟我说到女佛山去，他怎么……什么都没带。"

☆陶岚看到了萧涧秋留给她的信，信中说："……文嫂的自杀，王福生的退学，像两根棒子猛击了我的头脑。使我晕眩，也使我清醒，也许从此中止了我的徘徊。……"

陶慕侃反复地琢磨着后面的文字：我找到了一条该走的道路。那就是投身到时代的洪流中去……陶慕侃此时，也读懂了萧涧秋的真实意图。原来他并不是去女佛山休养，他的真正志向也不是在芙蓉镇教书，而是投身革命，为改变世界而奋斗。也许萧涧秋这么多年的走南闯北和全国各地的经历都没有让他看到自己对革命的渴望和决心，而在芙蓉镇这短短的几个月，却让他重新认识到了改变世界的重要性和迫切性，也让他有了勇气和动力去这样做。

☆陶慕侃反复琢磨着后面的文字：我找到了一条该走的路，那就是投身到时代的洪流中去……

陶岚看着萧涧秋房间里的摆设，一切都是原来的样子，被子叠放得很整齐，桌上的书摆放得很有秩序，房间收拾得很干净，他真的几乎什么也没拿就走了，除了随身的衣服，还有那个小皮箱，别的什么也没带……也是，投身革命的洪流，只要有一颗忠诚的心，一股不灭的火，一腔鲜

☆陶岚凝思了一会儿，回身对哥哥说："我找他去！"然后飞奔下楼，
向门外跑去。

☆此时的陶岚，就像一只刚飞出笼的小鸟，要见识外面的世界，她
要与萧涧秋并肩携手，一起融入到大革命的洪流中……

红的热血就够了。陶岚凝思了一会儿，回身对哥哥陶慕侃说道："我找他去！"然后飞奔下楼，向门外跑去。"妹妹，你……"留下陶慕侃一个人，在萧涧秋曾经的房间错愕不已。

此时的陶岚，像一只刚出笼的小鸟，终于得见外面的世界，开心不已。从此她不再被拘禁在那狭小的笼子，而是可以展翅高飞。她也有梦想，她也有追求，在遇到萧涧秋之前，她的梦想和追求也许比较浅显，可是遇到萧涧秋之后，从他身上，她看到了一股青年人应有的勇气与热血。她要与涧秋并肩携手，一起融入到革命的洪流当中……

电影传奇

导演谢铁骊小传

　　谢铁骊（1925—），生于江苏淮阴，1941 年加入苏北新四军淮海剧社任演员。1942 年加入中国共产党。1945 年任三十军文工团团长。1950年到北京，在中央电影局表演艺术研究所任教员兼表演系副主任。1956 年，任北京电影演员剧团副团长，同年，进北京电影制片厂，任副导演，导演。

　　代表作：《无名岛》、《暴风骤雨》、《早春二月》、《千万不要忘记》、《智取威虎山》（现代京剧舞台艺术片)、《海霞》、《红楼梦》。

柔石小传

柔石（1902－1931），进步作家，"左联五烈士"之一，原名赵平福，又名平复、少雄，生于浙江宁海。早年参加进步文学团体"晨光社"。后在上海认识鲁迅，在其领导下创立朝花社，发行《朝花旬刊》等刊物。1930年入中国左翼作家联盟并加入中国共产党。1931年1月被捕，关押于龙华监狱。2月7日夜被秘密枪杀，牺牲时年仅三十岁。

主要出版物：短篇小说集《疯人》、小说《三姐妹》、《旧时代之死》、《二月》、《为奴隶的母亲》等。

电影背后的故事

　　这是影片的分场景表。1961 年，谢铁骊被柔石的中篇小说《二月》吸引了，他要把它拍成一部电影，一部含蓄好看的电影。

　　冯铿（1907－1931），如果说"萧涧秋"是柔石的化身，那么"陶岚"是冯铿的影子。

演员都是经过严格的试镜筛选出来的。孙道临的儒雅气质十分适合扮演萧涧秋，正如他的好友黄宗江形容的那样："孙道临是一首诗，一首舒伯特和林黛玉合写的诗。"

　　谢芳与"陶岚"，一样的独立自信，一样的神采飞扬。与《青春之歌》相比，此时的谢芳表演起来更加圆融、自如。

　　已过不惑之年的上官云珠（1920－1968）成功塑造了她银幕上的又一个角色——"文嫂"。"文嫂"在片中自杀了，不幸的是，1968年，她的扮演者上官云珠在饱经摧残后也选择了自杀。

这是美术师池宁（1914－1973）在精心设计人物造型和布景。对这部影片，当时的北影厂厂长汪洋（1916－1998）特别强调要"精雕细刻"，要细到每一件服装、每一个道具。这样拍出的片子能不好看么？

　　当年影片的不少外景是在北京搭建拍摄的，比如剧中
屡次出现的那座简朴的江南小桥就出自剧组工作人员的巧
手。此外，所有的雪景都是特技美术和特技摄影造出来的。

　　如诗如画的《早春二月》遭遇却并不美妙，刚拍完就受批判，文革中被称为"第一毒草"。不过，无论世事怎样变迁，也抹煞不了这部影片在中国电影史上留下的最美一笔。

《早春二月》是一株宣扬资产阶级思想的毒草

丁　影

编者按： 九月十五日人民日报发表了署名文师的《早春二月》要把人们引到哪儿去？的文章及编者按语之后，各地报刊对正在上映的影片《早春二月》展开了讨论和批判，许多观众和读者在文章中严格地指出：这部影片美化和宣扬了腐朽的资产阶级人道主义和人性论，它是一株毒草。这部影片的拍摄反映了资产阶级文艺思想向无产阶级文艺思想的挑战。在影片拍摄期间，本刊曾这次以图片和说明文字等，对这部影片进行了错误的介绍和推荐，传播了这部影片的毒素，在广大读者和观众中造成了极为有害的影响。本刊对此正深入进行检查，并从中吸取应有的教训。这期本刊发表了丁影同志的文章，对影片《早春二月》进行初步的批判，同时希望读者继续踊跃参加讨论，以推动我们的文学艺术更好地为工农兵服务，为社会主义服务。

影片《早春二月》是一株掩盖阶级矛盾，宣扬资产阶级人道主义和个人主义以及阶级调和思想的毒草。

影片的创作者在六十年代的今天，特别是在社会主义革命日益深入的时候，依然站在资产阶级的立场上，用资产阶级观点，大肆美化和歌颂二十年代的旧人物、旧思想，企图引导人们去留恋旧时代，把历史的车轮拉向后退。这对于正在从事社会主义革命和社会主义建设的我国人民，是极为有害的。

但是，有些人却一再替这部毒草影片作鼓吹。《大众电影》1963年1月号和5、6月合刊号，曾经连续以彩色封底、彩色图页和赞美辞的文字，为这部影片作了大量的宣传，在广大读者中产生了极坏的影响。

现在，当这部影片在各地映出的时候，很有必要对它的思想实质进行彻底的批判，以便把毒草变成肥料，提高我们的鉴别能力和识辨水平。

影片严重地歪曲了时代面貌

影片《早春二月》以一九二六年前后第一次国内革命战争时期浙江水乡的社会生活为背景，描写了市镇上几个知识分子以及一个落拓的小资的生活和遭遇，特别着力地刻划了一个小资产阶级知识分子萧涧秋的爱情纠葛。

例如，徘徊了六年，时对城市生活感到厌倦了的萧涧秋，应邀到友人陶家任教，从上海来到江南的芙蓉镇中学教书。他一到芙蓉镇，就对一个在战场上因病死在军阀派纠纷战的孤寡寡妇陶嫂寄予深切的同情，并竭力了陶家孤儿的死独陶涛。这样，他和正在追求陶嫂的逃难的获抒于勇挺正在发生了矛盾和冲突。后来他想"用根本的方法解救"文陶，打算娶丧陶嫂的爱情而和家妇文陶终将诈等。谁知他俩因文陶贫困和陶嫂之间的三角关系，又迫求了影就的流言蜚语，最后文陶自杀死去。这才使萧涧秋"终止了铸雨"，"投身到时代的洪流中去"。

影片所反映的时代，正是我国社会风云激变、民族矛盾和阶级矛盾十分尖锐的时代。当时，大革命的风暴已经到来，在中国共产党的领导下，中国人民反帝反封建的革命运动蓬勃地发展着：工人运动气势磅礴，农民运动在各地兴起，学生运动也波及了全国，新的阶级力量所推动的革命浪潮，正猛烈地冲击着旧秩序。觉醒的知识分子，也纷纷走向革命的行列，参加了这一斗争。无论在城市还是在乡村，到处都充满着失败的阶级斗争，进行着阶级的阶级斗争，这就是那个时代的真实面貌。

但是，影片对当时的社会生活却作了极大歪曲的描绘。在这里，我们根本看不到一点时代的特征和画图，根本感受不到大革命时代的主旋律的旋律。影片中的芙蓉镇是个平静的"世外桃源"，既没有军阀、地主的横行，也没有压迫与反压迫、剥削与反剥削的斗争。阶级矛盾被偷换成了单纯的爱情"纠纷"；劳动人民的困苦生活被归结为偶然的事件而所造成的不幸；资产阶级恋爱的"苦闷"代替了无产阶级革命的波涛；陶不道的是那"政调"的浪漫抒情的时代风尚。影片的编导者制造了一个虚假的社会环境，只使那萧涧秋、陶嫂这样的人物做出种种"善举"，装扮成济世救贫的"英雄"，从而竭力表现资产阶级的仁爱，把资产阶级人道主义和个人主义以及阶级调和的思想注入观众的心坎上。

对萧涧秋、陶嫂、陶慕侃等为代表的旧人物、旧思想，编导者究竟是要人们去赞扬他们、去热情他们、歌赞他们，帮助恢复正确认识过去的时代风云？还是让人们去留恋旧时代呢？早在一九五一年召开的关于影片《武训传》的批判的时候，毛主席就明确地指出：我们的作者就应当去研究"自从一八四〇年鸦片战争以来的一百余年中，中国发生了一些什么向着旧的社会经济形态及其上层建筑（政治、文化等等）作斗争的新社会经济形态，新的阶级力量，新的人物和新的思想，而去决定什么东西是应当称赞或歌颂的，什么东西是不应当称赞或歌颂的，什么东西是应当反为的。"（《毛泽东论文学与艺术》）

影片《早春二月》的编导者违背着这一毛主席的指示，他们不去表现二十年代的新的社会经济形态，新的阶级力量，新的人物和新的思想，反而称赞和歌颂了应当反对的东西，这就完全背叛了文艺工作者的立场和世界观的根本问题，也关系到文艺领域中的大是大非的原则问题。而《大众电影》却为《早春二月》是